ESPOIR ET SOUVENIR.

IMPRIMERIE DE MARIUS OLIVE, RUE PARADIS, 47.

ESPOIR ET SOUVENIR.

POÉSIES

PAR

Mlle EULALIE FAVIER.

MARSEILLE,
CHEZ MARIUS OLIVE, ÉDITEUR,
Rue Paradis, 47.

PARIS,
CHEZ MAISON, LIBRAIRE,
Quai des Augustins.

1839.

Depuis quelques centaines d'années, un petit complément a été nécessaire à toute œuvre poétique : autrefois c'était une épitre dédicatoire; de nos jours c'est une préface.

En général, tout poète a aujourd'hui sa théorie sur l'art, qu'il croit devoir expliquer devant le public : ce système rend la préface indispensable.

L'auteur de ce Livre ne prétend pas donner à cet avertissement un nom d'une portée si grave; elle n'oserait avoir une théorie à elle, encore moins la formuler. Elle admire le génie et l'art qui le guide, partout où ils se trouvent, mais ne saurait les définir.

Elle fait connaître aujourd'hui son ESPOIR et ses SOUVENIRS : Souvenirs de la terre! Espérance en Dieu! Mais comme un tableau ne saurait représenter la nature sous tous ses aspects, ainsi son titre n'a pu rendre toutes les impressions dont ce livre est devenu le poétique organe. Deux cordes seulement à une lyre rendraient ses accords par trop monotones. Elle espère qu'on ne lui demandera pas compte d'une inexactitude qu'elle s'est permise dans l'intérêt de ses lecteurs, et elle a voulu, en donnant à cette nouvelle publication toute la perfection et les soins qui étaient en elle, les remercier en quelque sorte de la bienveillante indulgence dont ils ont bien voulu encourager ses POÉSIES DE L'AME.

Marseille, juin 1839.

A LA LYRE.

I.

Depuis plus de trois ans qu'à ta corde plaintive
J'ai dit un long adieu, sur quelle heureuse rive,
O lyre harmonieuse, ont frémi tes accords?
As-tu, passant les mers, retenti sur ces bords

1.

Où le soleil à flots verse la poésie,

Comme autrefois les dieux y versaient l'ambroisie?

Climats mélodieux où s'inspirait Byron,

Quand, loin du ciel brumeux de la riche Albion,

Parcourant ces beaux lieux qu'un jour si pur décore

Dans les siècles éteints il s'élançait encore !

Mais, moins heureux que toi, le Chantre des enfers

Sur ce sol glorieux n'aperçut que des fers,

Et son luth merveilleux, qu'on aime et qu'on redoute,

Répandit en accords le blasphème et le doute !

Aujourd'hui, que le Ciel semble avoir rappelé

L'aurore du bonheur sur les vallons d'Hellé,

Tu peux dans tes concerts, purs comme ceux d'Orphée,

Célébrer les doux noms d'Aréthuse et d'Alphée,

Mêler à leurs soupirs les soupirs de ta voix,

Et ranimer Écho perdue au fond des bois !

Ou peut-être, bien loin de cette terre heureuse,

Sur les monts escarpés de l'Écosse orageuse,

Suspendue aux rameaux d'un chêne dont les bras

S'élèvent vers le Ciel tout chargés de frimats,

Fais-tu grincer ta corde au souffle des tempêtes,

Heurtant incessamment ces orgueilleuses crêtes?

Aux bardes de Fingal dérobant leurs accents,

Ta colère s'exhale en accords menaçans.

Ou bien, au vent des nuits tu jettes ta voix douce

Comme un rayon de lune arrêté sur la mousse.

Mais plutôt, dans ces murs où préludent encor

Le tendre Lamartine et le mâle Victor;

Sur ces bords où la Muse, harmonieuse fée,

Sous d'immenses débris ne fut point étouffée,

Tes sons doux et puissants, savamment modulés,

Répètent tous les sons dans les airs exhalés.

Peut-être à l'âme en deuil qui toujours souffre et pleure,

As-tu fait soupirer la voix intérieure?

Harmonieuse amie, as-tu, vers son déclin,

Consolé les ennuis du faible Jocelyn,

Ou, d'une voix puissante, entonné ces chroniques,

De notre vieille France esquisses magnifiques?

Ah! comment t'arracher à ces divins concerts?

Mais le chant prolongé de nos pins toujours verts,

La mer, qui sur nos bords incessamment soupire,

Ne sauraient-ils ravir ses accords à la lyre?

Viens donc, viens dans ces lieux! si, sous mes faibles doigts,

Tu ne palpites plus comme aux jours d'autrefois,

Muette dans mes bras, si ta corde amollie

Refuse de répondre à ma voix affaiblie,

Il est dans nos cités, sous nos pins odorans,

Près de nos flots d'azur, calmes et transparents,

Des bardes inspirés dont le noble délire,

Sous un ciel toujours pur fait retentir la lyre.

1839.

A MONSIEUR A. DE V.

II.

Il est des jours mauvais, il est des heures sombres,
Où, dans le cœur humain, tout tremble au sein des ombres;
Où, de tant de flambeaux qui nous semblaient si purs
Le feu s'évanouit sous des replis obscurs.

Alors le doute amer, qui murmure et dévore,

De son voile épaissi vient nous cacher l'aurore,

L'aurore dont l'éclat nous rappelle les cieux;

Malheur alors, malheur à l'homme audacieux

Qui, n'écoutant en lui que sa raison bornée,

Repousse avec mépris sa noble destinée

Et livre, sans frémir de l'oubli dévorant,

Sa dépouille à la terre et son âme au néant.

Non, tout n'est pas matière ici-bas: non, ton âme,

Rayon pur émané de la céleste flamme;

Non, cet esprit divin qui pleure et chante en toi,

Et du monde moral te proclame le roi,

A la terre des sens ne borne point sa course.

Mais bientôt remontant vers sa suprême source,

Quand sa prison d'argile, ouverte par la mort,

Ne lui cachera plus le Dieu dont elle sort,

Son œil, tout ébloui des splendeurs éternelles,

Oublira ces lueurs qui paraissaient si belles,

Ces terrestres lueurs où des ombres toujours

Ternissent la lumière et se mêlent aux jours!

Oh! c'est un beau réveil pour l'âme blanche et pure

Qui peut au Dieu très saint se montrer sans souillure,

Pour l'esprit dégagé de la rouille des sens,

Qui toujours vers le Ciel éleva ses accents,

Et qui, d'un monde impur séparant ses années,

N'alla point savourer ses eaux empoisonnées !

Tu dis vrai : quand l'amour, quand le céleste espoir,

A notre seuil désert tous deux viennent s'asseoir;

Qu'un éclat tout divin remplit l'âme épurée,

Que du jour des élus la terre est colorée,

Alors la lyre est douce, et ses accords pieux

Réveillent des échos au cœur religieux;

Soupirs mystérieux de la harpe des Anges!

Dans le sein des mortels répétant les louanges

De ce Dieu tout amour, de cet Être éternel

Qui fit de notre terre un échelon du Ciel!

Tu l'as compris, poète, et ta noble harmonie

Dit assez à mon cœur que ta voix fut bénie;

Mais prends garde, ce Dieu se montrera jaloux

De ces dons précieux qu'il ne fait point à tous.

Pour croire, pour aimer, il a formé ton âme;

Elèves-tu vers lui cet amour qu'il réclame?

De son suprême espoir, soutiens-tu tes ennuis?

Fais-tu dire son nom à l'écho de tes nuits?

Quand ce Dieu te donna ta haute intelligence,

Dis, que te devait-il? Ah! puisse ta croyance

S'affermir et survivre à ce concert touchant

Que tu fais retentir pour moi, son humble enfant!

Je ne suis rien, lui seul me confia la lyre

Et l'hymne inachevé qui sous mes doigts soupire.

Ah! si ces faibles chants par mon Dieu fécondés,

Tels que les sucs divers par la terre gardés,

Renfermaient dans ton cœur la divine semence,

Laisse-moi d'un tel bien savourer l'espérance!

Quel bonheur de te rendre au Dieu que j'ai chanté!

De faire à tes regards briller la vérité,

De conquérir ton âme à cette loi divine

Qui pare pour le Ciel l'esprit qu'elle illumine!

Oh! si tu connaissais ses célestes douceurs!

Mais tu comprends l'amour, ce doux lien des cœurs.

Eh bien! tout est amour dans le Ciel, tout est joie;

Aborde d'un pas sûr sa rayonnante voie.

Pour moi, qui, dans mes jours de sève et de fraîcheur,

Sur cette lande aride, ai rêvé le bonheur;

Pour moi, qui, dans l'éclat de ma vive jeunesse,

Remplissais l'univers d'extase et de tendresse;

Moi, qui pleure aujourd'hui ce songe évanoui,

J'ai levé vers le Ciel mon regard ébloui,

Et j'ai tout retrouvé dans cette source immense

D'où découle sans fin l'amour, la confiance,

Et j'ai vu, sous les traits des Anges du Seigneur,

Tels que de purs esprits, ces amis de mon cœur

Que je vis s'éclipser, comme le feu nocturne

Aux rayons du matin pâlit et meurt dans l'urne,

Ne laissant au milieu de son foyer éteint

Qu'une froide matière où nul jour ne se peint ;

Mais, quand ils ont quitté leur dépouille fanée,

Dans leur dernier regard j'ai lu leur destinée ;

J'ai senti que l'éclair qui brillait dans leurs yeux

Allait en s'éteignant se rallumer aux Cieux.

Toi donc, si la souffrance a pesé sur ta vie,

Si le deuil, le mépris, l'inconstance, l'envie

Ont secoué tes jours livrés à tous les vents ;

Si tu subis la loi qui charge les vivants,

Pense à ce pur Eden, asile tutélaire,

Que te promet mon Dieu, Dieu ton père et mon père;

Et si dans son parvis un jour tu vas t'asseoir,

Oh! qu'il me soit donné d'aller t'y recevoir.

SUR LA MORT DE LA PRINCESSE MARIE D'ORLÉANS.

III.

Que sommes-nous ? Jetés sur un courant rapide,

Nous passons entraînés par ses flots agités,

Ne pouvant ramener qu'un souvenir aride

    Aux bords que nous avons quittés.

Ainsi la feuille tombe au gouffre des montagnes,

Et d'un commun destin semble nous avertir;

Ainsi, sans murmurer, le ruisseau des campagnes

Dans l'Océan va s'engloutir.

Mais ce n'est point assez de la feuille inféconde,

Du filet d'eau perdu dans les prés fleurissants;

Souvent une avalanche ébranle au loin le monde,

Troublé par ses chocs menaçants.

Une nation meurt, un empire s'écroule,

Remplissant l'univers de ses vastes débris;

Et des peuples tombés, le char du temps qui roule

Vient étouffer les derniers cris.

Mais il est pour le cœur des leçons plus intimes;

L'homme n'est point ému par cet immense deuil :

Celui qui d'un œil sec voit ces chutes sublimes

      Trouve des pleurs pour un cercueil!

Et quand, dans ce cercueil, s'engloutit la jeunesse,

La grâce, la vertu, le talent, le bonheur,

Peut-on le contempler et vaincre la tristesse

      Qui soudain inonde le cœur?

Le Ciel lui donna tout! le talent, la naissance,

Des dons les plus brillants la paraient tour à tour,

Et le bonheur doublait sa féconde existence,

      Souriante comme un beau jour.

Le bonheur! ah! souvent l'âme désenchantée
De ces félicités a compris la valeur;
Souvent de cette plante à la fleur brillantée
    Un insecte ronge le cœur.

Il est plus d'un abîme au fond de l'âme humaine,
Gouffres où la douleur vient déposer son fiel;
Et la suprême loi toujours double la peine
    Aux fronts les plus voisins du Ciel!

Sans doute, dans l'éclat de sa brillante aurore,
Elle rêva d'amour, de gloire, de grandeur;
Mais la chaleur du jour trop souvent décolore
    Cette matinale splendeur.

Sur ce front rayonnant de l'éclat du génie,

Du désenchantement la pâleur s'étendait,

Car son âme jamais ne trouva d'harmonie

    Dans l'âme qui lui répondait.

Femme divinisée, artiste au cœur de flamme,

Sous les glaces du Nord trouve-t-on le soleil?

Oh! qui te versera le baume que réclame

    L'amertume de ton réveil?

La mort! car dans le Ciel habitait ta pensée,

Car le monde réel n'existait plus pour toi;

Car des sacrés parvis où tu t'es élancée

    Déjà tu comprenais la loi!

               2.

Mais tu dois, soupirant sur les nœuds qu'elle brise,

De ta sainte tristesse étonner les élus,

Car au sein du bonheur pour les siècles assise,

    Tu dis : je ne les verrai plus !......

Ah ! tu prîras pour eux, la prière est céleste,

Une mère est puissante auprès du Dieu d'amour ;

Seul, il peut de l'erreur chasser l'ombre funeste

    Devant son immuable jour.

. . . .

Et maintenant, pleurons ! Ce corbillard qui roule,

Du néant des grandeurs vient nous entretenir.... ;

Cependant, son cercueil fait redire à la foule :

    Belle, heureuse, et sitôt finir !

. . . .

Que sommes-nous ? Jetés sur un courant rapide ,

Nous passons , entraînés par ses flots agités ,

Ne pouvant ramener qu'un souvenir aride

    Aux bords que nous avons quittés !

Janvier 1839.

RÊVERIE.

Quelque chose que je fasse pour avoir la
paix, ma vie sera toujours accompagnée
de trouble et de douleur.

IMITATION.

IV.

Oh ! dans ces jours si longs qu'on passe au sein des villes,
Quand le temps fuit, traînant tant d'heures inutiles
Sans dorer d'un rayon mon brumeux avenir,
Alors souvent, alors j'aime à me souvenir !

J'aime à laisser flotter mes vagues rêveries,

Pâles fleurs que les ans n'ont point encor flétries!

Vers ce champêtre toit où la main du Seigneur

Me verse à chaque automne un parfum de bonheur;

Je me retrouve assise à la table de chêne,

Où, dans des soins divers, l'heure à l'heure s'enchaîne.

Là, tandis que l'étude occupe mes loisirs,

Mon frère s'abandonne à de bruyants plaisirs;

Là, pendant les longs soirs, tandis que j'erre seule,

Ma mère, jeune encor, file comme une aïeule,

Car son œil effrayé trouve le ciel bien noir

Et n'admire pas trop les étoiles du soir.

Seulement quand la Lune, au front charmant et pâle,

A l'horizon blanchi jette un reflet d'opale,

Je la vois arriver, mais d'un pas incertain;

Alors, si quelque chien jappe dans le lointain,

Si le lézard, frôlant les feuilles desséchées,

Glisse comme un frisson sous les herbes fauchées;

Si le cri du hibou passe dans la vapeur,

La voilà qui s'enfuit, toute blanche de peur.

Mais moi, j'aime ces bruits et retiens mon haleine

Pour mieux saisir les coups de l'horloge lointaine,

Exhalant dans les vents son incertain concert,

Harmonieuse voix qui peuple le désert

Et me dit que ce cœur qui souvent souffre et pleure

Est vers l'éternité plus avancé d'une heure !

Invariable terme où tout doit aboutir ;

Quand cette heure résonne, il faut, il faut partir.

Eh bien ! qu'a donc ce mot de cruel et de rude

Pour celui qui du vrai fit sa suprème étude ;

Qui, dans tout ce qui fut, cherchant le Créateur,

En admirant l'ouvrage en adorait l'auteur ?

Non, cette loi de mort qui finit la souffrance

Vient donner au malheur sa plus chère espérance ;

Le ciel ! il est si beau, le ciel, rien qu'à le voir

Orner d'astres sans fin les profondeurs du soir !

Oh ! ces étoiles d'or qui laissent de l'espace

Descendre jusqu'à moi leur rayonnante trace,

Quand le jour éternel viendra me réveiller,

De quels divins rayons je les verrai briller ?

3

Peut-être, pour guider leurs radieux orbites,

Dans le cercle marqué des suprêmes limites,

Irai-je revêtir l'éclat céleste et pur

D'un ange aux ailes d'or, à la robe d'azur?

Mais, où laissé-je errer mes ardentes pensées?

Ainsi dans l'infini trop souvent élancées,

Quand d'un doux souvenir j'appelle la fraîcheur,

Jusqu'au sein des soleils éclatants de blancheur,

Elles vont s'égarer, vagues et diaphanes,

D'une âme de poète, harmonieux organes;

Sur le front escarpé des rochers anguleux,

Sur les flots sillonnés en contours onduleux,

Elles volent aussi, légères et pressées,

Sur tout objet créé tour à tour dispersées;

Que j'aimerais bien mieux, dans la paix de mon cœur,

De mon obscurité savourant le bonheur,

Libre de ces soucis qui m'enchaînent esclave,

Ne pas sentir en moi déborder cette lave.

Sans trouble et sans ennui m'éveiller au matin

Et remercier Dieu de mon humble destin.

Il n'en est point ainsi : de mon âme orageuse

Comme ces monts, dressant leur crête nuageuse,

Une flamme déborde et bouillonne toujours,

Remplissant de ses feux et mes nuits et mes jours.

A cet esprit brûlant souvent j'ai crié grâce,

Mais le bruit de ma voix s'est perdu dans l'espace;

L'Eternel ouvrier fit l'oiseau pour voler,

La biche pour courir et mon cœur pour brûler....

. . . .

LE POÈTE ABANDONNÉ.

V.

I.

Qu'ÊTES-vous devenus, rêves de ma jeunesse ?
Vous que mon cœur froissé redemande sans cesse,
Rêves d'or emportés par le temps qui s'enfuit !
Semblables à l'éclair, rapide météore,
Dont l'éclat passager vient ajouter encore

A l'obscurité de la nuit.

Vous avez disparu ! ne laissant dans mon âme

Qu'un abîme où jamais n'étincelle la flamme ;

Le jour ne brille plus sur mon triste chemin,

Et je demande en vain ce rayon de lumière

Qui le soir, éclairant mon ardente paupière,

Ｍ'annonçait un pur lendemain.

Oh ! de quel vif éclat je me peignais le monde

Dans ces jours enivrants où le cœur surabonde

De cet enchantement que nous donne l'espoir !

A mes regards le ciel s'embellissait encore,

Je voyais le bonheur dans la naissante aurore,

Dans les feux scintillants du soir !

Et mon œil, ébloui par la nature immense,

N'avait point entrevu sa triste décadence ;

Il ne comprit jamais d'Éden plus enchanteur ;

Et mon cœur, inondé de torrents d'harmonie,

Crut entendre frémir le souffle du génie

    Dans leur murmure inspirateur !

Alors je fus poète ! alors, dans mon délire,

Des bardes tout-puissants je demandai la lyre ;

Ma parole vibra comme un écho du Ciel,

Et ses mâles accents, pleins d'une sainte ivresse,

Sur le monde étonné répandirent sans cesse

    Des fleuves de lait et de miel !

Je chantais ! et ma voix, pur baume à la souffrance,

Dans plus d'une âme en deuil rappelait l'espérance,

D'un rayon de bonheur s'éclairait le regard !

Car dans mes chants, ravis à la harpe bénie,

La sensibilité triomphait du génie,

    La nature régnait sur l'art !

        3.

Et pourtant, dans ces jours où la foule empressée
Semblait voir de mes yeux, vivre de ma pensée,
Qu'un encens enivrant descendait sur mon cœur
Comme un rayon du jour sur la fleur près d'éclore,
Dans ces jours enchantés, mon âme, vide encore,
　　　Demandait un autre bonheur!

Sans cesse j'appelais l'âme, sœur de mon âme!
L'esprit dont mon esprit féconderait la flamme,
Le cœur qui de mon cœur devait remplir l'espoir ;
Mais j'appelais en vain! Seul, seul dans la nature,
Nul ami, quand ma lyre exhalait le murmure,
　　　Près de moi ne venait s'asseoir !

Elle existait pourtant, cette fleur de ma vie
Dont la tige odorante, au gré de mon envie,
De ses divins parfums devait remplir mon cœur !

LE POÈTE ABANDONNÉ.

Douce création que mon âme isolée,
Par ses rêves d'espoir à demi consolée,
    Nommait sa compagne et sa sœur !

Quand je la vis enfin, dans mon âme ravie
Sembla s'épanouir une nouvelle vie ;
Déjà sous le malheur son front s'était plissé ;
Rose à peine entr'ouverte à l'aube matinale,
Mais dont le doux éclat, la fraîcheur virginale,
    Se fanaient sous un vent glacé.

Je la relèverai, me dis-je ; ô frêle plante !
Mon cœur abritera ta corolle brillante ;
Pour reverdir ta tige il ne faut qu'un appui ;
Viens, je t'en servirai ; que ton front se relève,
Pour orner mon chemin, réaliser mon rêve,
    Le Seigneur t'envoie aujourd'hui.

Oui, viens ! il faut un guide à ta vive jeunesse ;

Frère attentif, de toi j'éloignerai sans cesse

Ces périls dont t'entoure un monde corrupteur ;

Oui, viens ! je t'apprendrai les secrets de la lyre ,

Et les brûlants soupirs qu'élève son délire

      Vers le trône du Créateur.

Hélas ! tu n'as plus rien qui t'attache à la terre ;

Confie à mon amour ton âme solitaire ;

Si des rêves déçus ont attristé ton cœur ,

Si tu pleures encore une amitié perdue ,

Si, seule, tu ne peux gravir ta route ardue,

      Viens, je porterai ta douleur.

Elle m'aima ! son âme, à mon âme attachée,

Reverdit au bonheur, comme la fleur penchée

Aux tièdes eaux de mai ranime son front pur ,

Son œil, terni de pleurs, se remplit de lumière,

Et de ses faibles pieds secouant la poussière,

    Elle marcha d'un pas plus sûr.

Elle fut tout pour moi ! ma débile mémoire

Oublia tout penser de fortune et gloire ;

L'aurore du bonheur dorait mon avenir ;

Souvent l'un près de l'autre, à genoux sur la terre,

Nous élevions à Dieu notre encens solitaire,

    Nos âmes qu'il devait unir !

Hélas ! l'âge est venu : la femme séduisante

A remplacé bientôt la douce adolescente,

Mille sentiers fleuris ont attiré ses pas,

Et bientôt, s'égarant dans ces routes flatteuses,

Elle a voulu goûter ces délices trompeuses

    Que mon cœur ne lui donnait pas !

Elle m'aimait, malgré son délire coupable !

Mais non de cet amour profond, invariable,

Entier, dont elle seule avait brûlé mon cœur ;

De sentiments nouveaux son âme combattue

Oublia cet amour qui vieillit et qui tue :

     Le bal lui tint lieu de bonheur.

Dans cet enchantement en vain tu te reposes ,

Tu connaîtras un jour le vide de ces choses;

Enfant ! mon cœur brûlant fut peu compris de toi,

Tu préféras le monde à l'amour du poète ;

Il n'a pu te suffire..... et ton âme inquiète

     Balance entre le bal et moi !

Non, je ne puis souscrire à ce honteux partage;

L'entraînement du monde appelle ton jeune âge;

Eh bien ! cours te mêler au tourbillon banal

De femmes au cœur faux, de folles jeunes filles ;
Dans le dédale impur des folâtres quadrilles
           Va lever ton front virginal.

Etale l'incarnat de ta robe de moire,
Courbe en anneaux soyeux ta chevelure noire,
Le monde ne veut pas qu'on le serve à demi;
Suis dans son vol léger l'essaim qui tourbillonne,
Et quand tout fléchira sous ton regard, ne donne
           Pas un soupir à ton ami.

A lui, qui t'immola sa soif de renommée,
Lui qui serait heureux s'il t'avait moins aimée,
Dont tu fus le bonheur, la gloire, l'avenir,
Dont tu brisas le cœur, méconnus la tendresse !
Oh ! sois du moins heureuse, et laisse à sa faiblesse
           L'espoir de te voir revenir.

Suis ta voie aujourd'hui, les fleurs qui la décorent
D'une fausse lumière à tes yeux se colorent,
La route est épineuse et mène au repentir;
Si de sa solitude un jour ton cœur s'étonne,
Souviens-toi de ton frère, il t'aime, il te pardonne :
　　　T'oublier ce serait mourir.

Mais tandis que tu cours briller de fête en fête,
Dans son isolement que fera le poète ?
Reviens, lyre fidèle, adoucir son ennui !
Au vent plaintif du soir longtemps abandonnée,
Tu semblais présager sa propre destinée;
　　　Reviens, il est seul aujourd'hui !

Rends le calme à son cœur, à sa voix l'harmonie,
Réalise pour lui les rêves du génie :
Hélas ! d'une autre aurore il entrevit le jour;

Mais tu peux adoucir sa blessure saignante ;

Il faut au cœur qui souffre, il faut à l'âme ardente,

De la gloire à défaut d'amour.

II.

Oh ! non, poète, non, la gloire est passagère

Et ne saurait remplir ton cœur ;

Tes vœux sont infinis, un éclat éphémère

Peut-il te donner le bonheur ?

Qu'est-ce qu'un nom de plus dans les vains bruits du monde ?

Par le flot du temps emporté,

Il va, découronné d'une gloire inféconde,

S'engloutir dans l'éternité.

A cet amour d'un jour qui consumait ton âme,
Vainement tu t'abandonnais ;
Vainement tu croyais éterniser sa flamme
Par l'ardeur que tu lui donnais.

L'inexorable Temps, dans sa rapide course,
A ces feux allait t'arracher,
Car tu ne buvais pas à la divine source
Où ta soif pouvait s'étancher.

Amour, gloire, bonheur, espérahce infidèle,
Ne sauraient nourrir qu'un moment ;
Méprise ce néant, à ton âme immortelle
Donne un immortel aliment.

AUSTERLITZ.

VI.

A ma Mère.

I.

Quel horrible ouragan, quels sinistres éclairs ;
Le tonnerre roulant dans les plaines des airs
D'un désastre éclatant semble apporter l'augure !
De trois camps ennemis s'élève un long murmure ;
Des coursiers hennissants, un cliquetis de fers,

Des sons rauques mêlés en bizarres concerts,

S'alliant dans l'espace aux fureurs de l'orage,

Des guerriers de Fingal rappellent le langage;

Sur ces camps séparés domine le Destin;

Le sort de l'univers doit s'y jouer demain;

Trois empereurs, rivaux de rang, mais non de gloire,

Demain, viendront jeter au burin de l'histoire

Des succès inouis et de nouveaux malheurs,

Des vainqueurs, des vaincus, puis du sang, puis des pleurs,

Et, de sa voix puissante annonçant la bataille,

Le canon sonnera l'immense funéraille;

Mais qu'est-ce que du sang et des pleurs et du deuil,

Quand des guerriers tombés adoptant le cercueil,

La gloire le ceindra d'éclatants diadèmes,

Que leurs noms révérés se garderont eux-mêmes,

Brillants d'un long rayon que rien ne peut ternir?...

Oh! gardez cette erreur puisqu'elle vous est chère,

Puisqu'elle vous tient lieu des baisers d'une mère,

Des larmes d'un ami, d'un tendre souvenir,

Soldats, gardez-le bien quand il faudra mourir!

II.

Tandis qu'au bruit des vents dort la terre affaissée,

Dans les trois camps circule une vaste pensée,

D'un noir pressentiment plus d'un cœur s'est troublé;

L'orage gronde encore, et les cieux ont tremblé!

Un homme seul, tranquille au sein de la tempête,

Dort calme, et le génie illumine sa tête;

Venez, vous, souverains qu'importune son nom,

Tremblez en contemplant ce sommeil du lion!

Vous ne le verrez point, et déçus par la gloire,

Jusqu'au moment fatal croirez à la victoire.

III.

Malgré les noirs soucis qui dans l'ombre ont veillé,

Comme un songe léger les heures ont coulé,

Et la nuit dans l'espace a replié ses voiles;

Déjà, vers l'Orient, de blanchâtres étoiles

D'une brillante aurore annoncent le retour;

A l'espoir du soldat tout promet un beau jour;

L'éclair plus éloigné vers les monts se retire;

Le cœur s'ouvre au bonheur et la frayeur expire.

IV.

Mais déjà du canon la redoutable voix

Dans le camp des Français a retenti deux fois!

Déjà des fiers clairons les notes éclatantes

Rangent sous les drapeaux les phalanges errantes ;

Tout s'émeut, tout s'anime au signal des combats.

Contemplez les essaims de ces nobles soldats,

Ces braves vétérans dont les mains intrépides

Gravèrent la bravoure au front des Pyramides,

Ces soldats de Fleurus, d'Iéna, de Marengo,

D'Aboukir, de Lodi, d'Arcole, de Dégo ! !.....

Ces brillants généraux, leurs fiers compagnons d'armes,

Grandis dans les périls, la gloire, les alarmes ;

Mais plus qu'eux tous, voyez cet homme, ce soldat

Qui, semblable au soleil, leur prête son éclat,

Et, couvert des lauriers dont la gloire l'inonde,

Vient jouer en passant la fortune du monde :

Rêveur et sombre, il pense,..... et son œil soucieux

Semble pour le succès interroger les Cieux,

D'un regard pénétrant il y cherche un présage,

Et le ciel, vif et pur, se montre sans nuage.

4

V.

D'une teinte pure

Les cieux colorés,

De traits empourprés

Peignent la nature;

De vives clartés

Au loin se projètent,

Des sons se répètent

Dans l'air emportés ;

Le guerrier s'élance

Brandissant sa lance,

Il flatte en silence

Son léger coursier;

Dans la plaine immense

Scintille l'acier,

Sur la terre émue

Le canon bondit,

Son éclat subit

Frémit dans la nue ;

Du tube vengeur

La flamme étincelle

Portant avec elle

La mort et l'horreur.

La terre est semée

De globes brûlants :

Leur bouche enflammée

Mord ses larges flancs ;

Des flots de fumée

Sous leurs plis roulants

Voilent de l'armée

Les efforts sanglants.

Les rangs s'éclaircissent,

Les Cieux retentissent

Des bruits de l'airain.

Hélas ! que d'alarmes

Suivent de ces armes

Le choc inhumain ,
Que d'amères larmes
Vont couler demain !

VI.

Demain, revenez voir les restes de l'armée

Qui marchait, grande et fière, aux premiers feux du jour ;

Demain, revenez voir cette terre semée

De ceux que caressait l'espérance et l'amour !

Revenez voir l'espoir d'une pauvre famille

Mourir, les yeux tournés vers le toit paternel ,

Et comprendre la gloire à cette heure où scintille

Un reflet éloigné du soleil éternel !

VII.

Mais qui pense à demain, quand partout la bataille
Fait voler en éclats des grêles de mitraille
Dispersant au hasard l'épouvante et la mort !
Aucun des trois rivaux n'a pu fixer le sort,
Quand l'homme qu'ont sacré le génie et la gloire
Mesure d'un coup d'œil ses chances de victoire,
Tandis que ses rivaux, assis aux flancs des monts,
Viennent, nouveaux Xercès, dévorer leurs affronts.

VIII.

Hélas ! n'ont-ils pas vu la fleur de leur armée
Au fond d'un lac glacé disparaitre abimée ?

4.

C'est l'heure du désastre ! aveuglés, éperdus,

Se mêlent en fuyant les escadrons rompus,

La mort les suit : les chefs, les soldats, tout succombe,

Tout, sur ce sol brûlant, doit trouver une tombe.....

Plus loin, d'autres restaient plus forts ou plus heureux ;

Mais l'Ange de la peur descend aussi sur eux. —

Leur cœur se sent pressé par une horrible étreinte

Et la valeur fuit ceux dont s'empare la crainte ;

Sur ce sol enflammé qui peut les engloutir

Leurs frères entassés les empêchent de fuir,

Sous des monceaux de morts a disparu la terre :

Ces lieux où tout vivait, où tout brillait naguère,

Frappent l'œil consterné d'une lugubre horreur,

Et sont remplis de deuil, même pour le vainqueur.

IX.

Mais, de ces rois déçus dont la vaine espérance

Dans les champs d'Austerlitz vint combattre la France,

Quel spectacle funeste accable les regards !

Leurs soldats écrasés, vaincus de toutes parts,

Et de leur fier rival les cohortes fidèles

Plantant sur leurs débris les aigles immortelles.

Cependant l'homme altier qui commande le sort

Recueille ce succès sans trouble et sans transport !

Plus de cent mille voix, dans un élan sublime,

Du rocher séculaire ont ébranlé la cîme,

Son gigantesque nom élancé dans les cieux

Proclame sa victoire en accords glorieux ;

Les cœurs sont confondus dans une même joie

Et s'exhalent en chants que l'écho leur renvoie :

Lui seul n'est point ému ! son œil morne et pensif

Semble chercher encore un plus noble captif

Dans cette tourbe immense à ses pieds prosternée

Que, comme un vil troupeau, parqua la destinée.

C'est en vain ! ses rivaux, loin du sol dévorant,

A l'abri du combat s'embrassent en tremblant,

Heureux encore, au sein d'une grande infortune,

D'avoir fui du vainqueur la présence importune,

Et pouvoir, entourés de fidèles soldats,

Donner la paix au monde en sauvant leurs états!

X.

Mais tandis que dans l'ombre ils cachent leur tristesse,

Du camp français s'élève un concert d'allégresse ;

Voyez briller partout l'aigle, l'oiseau des cieux,

Voyez ces vieux drapeaux tout criblés par les balles,

Mêler aux aigles d'or les couleurs triomphales

    De l'athlète victorieux !

Qu'il était beau le soir de la grande bataille,

Alors que sur son front noirci par la mitraille

Le triomphe brillait dans toutes ses splendeurs !

Alors que du canon la bouche dévorante

Menaçait d'engloutir, lave toujours brûlante,

Le trône de deux empereurs.

Eh bien! ce jour passa; mais son immense gloire

D'un reflet lumineux embellit notre histoire,

Elle doit le transmettre aux siècles à venir !

J'osai le célébrer sur ma lyre fidèle:

Puisse ce chant, gardé par sa trace immortelle,

Durer comme son souvenir !

La présence des trois empereurs est le fait caractéristique de la bataille d'Austerlitz, c'est aussi le seul que nous nous soyons attachée à reproduire. Il nous semble que la poésie peut se dispenser de la fidélité scrupuleuse de l'histoire: l'une peint, l'autre raconte; nous n'avons donc prétendu tracer qu'une esquisse de cette immortelle journée. Ceux qui recherchent l'exactitude et les détails historiques les trouveront ailleurs.

REPROCHES.

Combien de fois ai-je envain cherché
la fidélité où je croyais la trouver ? Combien de fois l'ai-je trouvée où je l'attendais
le moins ? Vanité donc d'espérer dans les
hommes.

IMITATION.

VII.

Je vous ai vu passer, rêveur, tout près de moi;
Vous ne m'avez pas vue ! Oh ! pourquoi donc, pourquoi
Cette mélancolie et profonde et farouche ?
Un souris sardonique errait sur votre bouche.

5

Ainsi, quand vous rêvez avec tant de souci,

Le cœur ne vous dit pas : Ton amie est ici !

Elle n'éclaircit plus par sa douce présence

La nuit qui se répand sur votre intelligence.

Eh bien (car l'amitié se permet quelquefois

De pénétrer dans l'âme et d'élever la voix) !

Quel est ce grand secret dont le poids vous accable ?

Répondez-moi, sinon je vous croirai coupable.

Hélas ! vous hésitez ; pourtant, votre amitié

De mes fardeaux devait soutenir la moitié !

Et moi qui me disais : Non, je n'ai rien dans l'âme

Que je ne veuille dire à celui qui réclame

Ces droits sacrés d'ami , souvent si peu compris!

Eh bien ! j'avais tort, moi, vous me l'avez appris;

Mais mon cœur reste pur , mon âme reste forte !

Il n'est pas un soupir que le zéphir emporte

Qu'ils n'élèvent brûlant, suave, précieux,

Vers l'espace azuré qui nous cache les cieux.

Et cependant, sans vous que me ferait la vie ?

Ses vœux , ses passions ne m'ont point asservie.

Je vous aime, il est vrai, mais c'est un peu de miel,

Une émanation des tendresses du Ciel!

Dieu permet qu'on le mêle à cette coupe amère

Que nous nommons la vie, étincelle éphémère

Qui jette dans l'espace une ligne de feu

Et disparaît soudain dans le fond du ciel bleu.

Mais vous, enfant perdu sur l'océan du monde

Dont le flot courroucé d'écume vous inonde,

Vous vous traînez chargé de mille passions,

Faux plaisirs, faux amours, haines, ambitions.....

Oh! soyez bien rêveur, car vous suivez la voie

Où pour vous asservir le monde vous envoie;

Vous, nourrisson de l'art, vous, au cœur vertueux,

Deviez-vous adopter ses sentiers tortueux?

Il ne vous souvient plus de ces heures si belles

Où, lisant de Victor les odes immortelles,

Enivré d'harmonie et d'un feu pur saisi,

Vous me disiez : Et moi je suis poète aussi!

Oui, je sens là ce feu que Dieu donne à la terre

Pour charmer de ses fils la course solitaire!

Eh bien ! tout est fini ; sans trouble et sans remord

Vous allez vous livrer au vent douteux du sort :

Ah ! vous m'avez froissée,... et mon cœur vous pardonne.

J'avais rêvé pour vous une fraîche couronne,

Mais vous la repoussez..... Sourd à la voix de Dieu.....

Soyez du moins heureux ! Adieu, mon frère, adieu !

VERS ÉCRITS SUR UN ALBUM.

VIII.

S'il faut mêler ma fleur de poésie
A ces fleurons où brillent les talents,
Venez, mes vers, fils de ma fantaisie,
Poser ici vos mètres chancelants !

Votre fraîcheur, dans mon âme glacée,

Eveille encore un touchant souvenir,

Songe léger que garde ma pensée.... —

J'avais quinze ans , je vivais d'avenir ;

J'avais quinze ans, une feuille légère

Reçut mon nom si longtemps ignoré ;

Mes rêves d'or, gracieuse chimère ,

Brillant rameau par le temps défloré ;

Beauté , plaisir , amour , jeunesse , gloire ,

Illusions aux reflets séduisants ,

Pour mon bonheur que ne puis-je encor croire

Ce que par vous je rêvais à quinze ans.

Mais tout a fui : mon avenir s'efface ,

Le présent glisse, et vide est le passé ;

A peine encor me reste-t-il la trace

De ce printemps où l'orage a passé ;

Bientôt, hélas ! le vent froid de la tombe

Viendra glacer mes restes endormis ;

Que me faut-il avant que je succombe ?...

L'espoir de vivre au cœur de mes amis.

UNE NUIT DANS UNE ÉGLISE.

IX.

I.

C'ÉTAIT une humble église, et l'ardent encensoir,
Et les lustres brillants n'éclairaient pas, le soir,

    Les contours de sa sombre voûte ;
A peine au sanctuaire un reflet pâlissant
Venait dorer le front du chrétien gémissant

    Qui du Ciel apprenait la route.

Et quand venait la nuit, le saint temple désert
N'entendait pas frémir l'accord d'un pur concert,

　　Le soupir des notes vibrantes,

Les Anges seuls gardaient l'autel du Tout-Puissant,
Et des cœurs tout à lui recueillaient l'humble accent

　　Et les prières murmurantes.

Puis vint un jour, un jour de pardon souverain,
Où le Verbe éternel prit un organe humain

　　Pour féconder le sol aride ;

Sa parole germa dans le sentier pierreux,
Aux ronces du chemin, et le travail heureux

　　Raffermit l'ouvrier timide.

Alors, de verts festons les murs furent parés,
Les voûtes répétaient les cantiques sacrés,

　　L'Esprit illuminait les âmes,

Et le jour glorieux avançait ; l'Eternel

Venait lier les cœurs par un nœud solennel

Et les inonder de ses flammes.

II.

Mais l'ouvrier manquait à la riche moisson.

D'un envoyé de Dieu la touchante leçon

Avait ému deux cœurs, deux brunes jeunes filles,

Charme, espoir, avenir, trésor de leurs familles :

Elles aussi sentaient le besoin du pardon,

Leur jeune intelligence en réclamait le don ;

Car si d'un rayon pur elles brillaient encore,

Le jour des vains plaisirs ternissait leur aurore,

Et le reflet du monde éblouissait leurs yeux !

Mais, comment arriver au messager des Cieux ?

Les jeunes compagnons de leur heureuse enfance

Imploraient à l'envi sa féconde indulgence,

Et bien avant que l'aube eût annoncé le jour,

Dans les parvis sacrés se pressaient tour à tour;

Leur exemple animait les douces pénitentes :

Tous les jours le lieu saint les voyait, confiantes,

Et le soir revenait sans qu'un mot tout-puissant

Eût versé sur leur cœur le baume guérissant ;

Alors, voyant s'enfuir leur plus chère espérance :

« Pourquoi n'irions-nous pas, dans l'ombre et le silence,

« A l'heure où l'on n'entend que le bruit des ruisseaux

« Dont l'orageux hiver a fait enfler les eaux,

« Prendre au saint tribunal cette première place,

« D'où l'œil aveuglé s'ouvre aux clartés de la grâce ? »

III.

L'air frissonnait encore aux accents de minuit ;
De leur calme demeure elles sortent sans bruit ;
Un signal convenu réveille avec mystère
Des clefs du temple saint le seul dépositaire.
Mais quelle nuit ! au sein de la rude saison,
La lune à l'Orient blanchissait l'horison,
À ses rayons d'argent s'effaçaient les étoiles,
Tandis qu'à l'Occident, sous les nocturnes voiles,
Les astres de la nuit brillaient de mille feux,
Les vagues exhalaient des soupirs douloureux,
Et leur voix se mêlait au murmure sauvage
Des ruisseaux débordés et gros is par l'orage.

Le cœur tout palpitant à ce divin aspect,

Pour le Dieu créateur pleines d'un saint respect,

Les sœurs ont pénétré sous les abris fidèles

Dont la porte, à grand bruit, se referme sur elles.

Alors, courbant leur front en face des autels

D'où s'élèvent vers Dieu les soupirs des mortels,

Leur veille commença par la prière sainte;

Tout leur parlait du Ciel dans la divine enceinte;

Leur cœur, désabusé des erreurs d'autrefois,

De la vertu céleste avait compris la voix,

Et s'absorbait en Dieu, sa suprême demeure;

Quand l'airain frémissant sonna la première heure.

Aux extases du Ciel arraché par ce bruit,

Leur esprit s'étonna de ce cri de la nuit

Répété par l'écho sous la voûte ébranlée ;

De leur isolement leur âme fut troublée.

Du luminaire saint l'incertaine clarté

Rendait visible aux sens la triste obscurité,

Les piliers s'effaçaient sous des formes nocturnes,

Et de l'astre des nuits les rayons taciturnes,

Se jouant à travers les transparents vitraux,

De leur reflet blanchâtre éclairaient des tombeaux !

D'un torrent débordé les ondes courroucées

Heurtaient les sombres murs ! Tremblantes, oppressées,

Les sœurs n'osaient dans l'ombre arrêter leur regard,

Croyant y voir flotter les morts à l'œil hagard ,

Couchés depuis longtemps dans ces lits funéraires

Que désignaient encor leurs pierres tumulaires.

Et ne pouvoir sortir ! et dans ce triste lieu

Demeurer, n'attendant que le regard de Dieu !

Ah ! ce regard est tout , pour celui qui l'implore

La plus terrible nuit se transforme en aurore ;

Leur divin Rédempteur , leur immuable appui ,

N'abandonnera pas des cœurs qui sont à lui !

D'un rayon de sa gloire éclairant les ténèbres

Il fait évanouir les fantômes funèbres.

Ainsi, se révélant à ces jeunes esprits ,

D'un céleste repos leurs sens furent surpris ;

Alors tout s'éclaircit : les formes fantastiques

Allèrent retrouver les poudreuses reliques ;

Vainement le hibou , de ses cris déchirants,

Semblait redemander les fantômes errants ,

Le charme était rompu ! Tranquilles et pieuses,

Vers le Ciel élevant leurs voix mélodieuses ,

Elles bénirent Dieu de son divin secours.

A leurs cœurs pénétrés les moments semblaient courts ;

Et quand ces premiers bruits qui dévancent l'aurore

Vinrent leur révéler le jour tout près d'éclore ,

Qu'aux sons retentissants de l'angélus pieux

La cohorte fidèle inonda les saints lieux ,

De leur muette extase à peine revenues,

Leur front s'illuminait de beautés inconnues,

Et leurs yeux, rayonnant d'un sourire divin,

Disaient que le Seigneur ne s'attend pas en vain.

IV.

De cette nuit, gisant dans la nuit éternelle,

Le souvenir vécut dans leur esprit fidèle,

Et les efforts du temps ne l'effacèrent pas ;

Mais loin du lieu sacré s'égarèrent leurs pas !

D'assurer son bonheur une d'elles jalouse

Y revint, le front ceint du bandeau de l'épouse ;

L'autre, suivant les pas d'un fantasque destin,

Souvent laissa sa robe aux ronces du chemin ;

Pauvre oiseau, déployant ses aîles dans l'orage,

S'abreuvant au ruisseau, s'abritant sous l'ombrage,

Toujours volant à Dieu, son éternel espoir;

Mais quand des temples saints elle entendait, le soir,

L'orgue aux cent voix jeter ses notes frémissantes,

Semblables à l'accent des vagues mugissantes,

La solitaire église et ses jaunes arceaux,

Et la lune d'hiver blanchissant les vitraux,

Et l'onde murmurant dans l'auguste silence,

Et l'autel qui reçut les vœux de son enfance,

Venaient se retracer à son cœur douloureux

Comme un doux souvenir de ses jours plus heureux;

Doux instants dont l'espoir embellissait la trame,

L'espoir, seul bien réel que possède notre âme.

SOLEIL COUCHANT.

La mer monte rapide, et le flot qui tournoie

    Meurt en touchant le bord ;

Le radieux soleil à l'Occident se noie

    Dans des océans d'or.

6

La vague se soulève et retombe en silence,
     Un vent doux et plaintif
Glisse sur le rivage et mollement balance
     La voile d'un esquif.

Le nid de l'alcyon dessine au loin sur l'onde
     Un point noir dans l'azur,
Tandis que l'ombre croît et jette sur le monde
     Son vêtement obscur.

Voix qu'exhale le vent, voix qu'élève l'abîme,
     Langage non traduit
Qui se révèle à l'âme en murmure sublime,
     Et vers Dieu la conduit ;

Tableaux que le génie a seul droit de comprendre,

    Merveilleux horizons,

Eblouissants reflets que l'art ne saurait rendre,

    Sans couleurs et sans noms;

J'aime à vous contempler, à saisir au passage

    Votre hymne inentendu,

A transporter mon cœur sur le flottant nuage

    Dans les airs suspendu ;

J'aime, à la fin du jour, à sentir de la lame

    Le branle assoupissant,

A chercher dans le ciel l'éclair de vive flamme

    Qui sur les eaux descend;

A suivre sur les flots le vol mélancolique
        Des tristes alcyons,
A chanter à la mer un sublime cantique
        De bénédictions !

Alors je me sens vivre, alors je suis heureuse !
        Sur la mer et les cieux
Fondus à l'horizon en ligne lumineuse,
        Je promène mes yeux ;

Alors je sens en moi déborder la pensée
        En mètres cadencés,
Comme par la raquette une balle lancée
        Bondit à coups pressés.

Et je chante, et mon âme a compris la nature :

Plus de mystère ici,

Mes sens sont pénétrés d'une lumière pure

Où mon cœur nage aussi !

A MONSIEUR L. R. DE M.

XI.

Ami, vous qui, le front de candeur revêtu,
Savez encor connaitre et chérir la vertu,
Vous qui, le cœur nourri d'une sainte harmonie,
Saluez l'art pour l'art et croyez au génie,

Qui cherchez dans l'étude un pain délicieux,

La manne du désert, nourriture des cieux,

Oh! que longtemps encor votre âme jeune et pure,

Comme le cours flatteur d'un ruisseau qui murmure,

Bien loin de l'égoïsme et des vices du temps,

Dorme de ce sommeil que l'on n'a qu'au printemps,

Dans une nuit sereine où des astres sans nombre

Viennent sur notre tête étinceler dans l'ombre.

Oui, trop tôt vous saurez les douleurs du réveil,

Quand de l'été plus vif l'éblouissant soleil

Dardera ses rayons sur la chambre isolée

Où de vos plus beaux jours la fleur s'est effeuillée!

Que vous semblera-t-il, vous, nourrisson du Ciel,

De ce monde profane où l'hymne universel

S'élève vers ce Dieu d'invention nouvelle?

L'intérêt, qui lui seul domine et renouvelle

La scène de la vie où l'homme insoucieux

Près de son coffre-fort vient oublier les cieux,

Où l'art cherche dans l'or sa seule renommée,

Où la vertu', toujours incomprise ou blâmée,

N'est plus qu'un mot oiseux, bon pour quelques élus

Parés de faux semblants auxquels on ne croit plus.

Hélas! c'est là le sort de toute âme élevée :

Oui, vous regretterez cette charte privée

Où, sur Virgile, Dante et de glorieux morts,

Vous recueillez du Ciel les célestes accords,

Où plein des sons divins que leur cythare exhale

Vous écoutez les chants de Nisus, d'Euryale,

Où, parsemant de deuil le jour sur son déclin,

Votre cœur s'attendrit sur le sort d'Ugolin!

Allez, ce sont des jours qui valent mille vies;

Mais ces heures de paix passent bientôt, suivies

De passions, de trouble et de regrets amers,

Pareils à ces récifs qui sillonnent les mers,

A ces flocons d'écume, à ces algues sauvages

Que l'Océan fougueux jette sur ses rivages;

Mais avant d'éprouver ces poignantes douleurs,

Les jours vous paraîtront tout éclatants de fleurs,

Et vous croirez peut-être à la vaine apparence

Que détruira bientôt l'amère expérience;

Vingt songes tour à tour séduiront vos esprits,

Mais votre cœur, ami, ne sera point compris !

Combien d'illusions dans la sombre avenue

Dont il vous faut franchir la longueur inconnue !

D'abord, des rêves d'or viendront vous éblouir,

Hélas ! vous les verrez bientôt s'évanouir :

Rêves d'adolescent , admirable folie

Qui dans un cœur candide à la vertu s'allie ,

Parfum qui s'évapore , étoile qui s'enfuit !

Combien de fois alors, dans le jour, dans la nuit,

Redemanderez-vous ces pieuses études

Enchaînant la pensée au fond des solitudes !

En face de ce monde à visage charmant

Votre âme sentira son triste isolement ;

Mais quand sous son fardeau cette âme chancelante

Voudra le déposer, solitaire et tremblante,

Souvenez-vous de moi, je serai là toujours,

Mon amitié de sœur planera sur vos jours

Et vous retrouverez, épanché du Ciel même,

Ce baume que sur nous verse un cœur qui nous aime.

MATUTINA.

Envoi à M. de Chateaubriand.

Au grand homme, au vainqueur de gloire couronné,
Au père d'Atala, d'Eudore, de René,
Au barde merveilleux que le Ciel illumine!
Puisse l'ardent foyer de sa vive chaleur,
Colorer d'un rayon ma plus suave fleur,
Poétique tribut que mon cœur lui destine!

I.

Il n'est plus dans l'espace un seul point qui rayonne,
La tête de l'Etna de flamme se couronne,
J'entends dans le lointain frémir les chants du soir,
Le son de la guitare a retenti dans l'ombre,
Et l'astre de Vénus semble, à l'horizon sombre,
    Un diamant sur un fond noir.

C'est l'heure où je te vis, comme un rayon de lune,

Presser d'un pied léger les sables de la dune ;

D'un reflet lumineux ta robe s'éclairait,

Et la nuit disparut sous ton regard de flamme,

Et je dis : C'est un ange, et non point une femme,

        Dont la forme ici m'apparaît !

Plus tard, je t'aperçus au fond de la chapelle,

A l'heure où le soleil en fleuve d'or ruisselle,

Baigner de pleurs brûlants les marches de l'autel ;

Et mon âme bondit d'espérance et de joie,

Car l'amère douleur dont je te vis la proie

        N'atteint point un être immortel !

Je dis : c'est une sœur, comme moi solitaire,

Qui suit en gémissant sa route sur la terre ;

A ses accents pieux je veux mêler ma voix :

Et comme toi, pour toi, je priai la madone,

Et tu restas ainsi jusqu'à l'heure où résonne

Un cor dans l'épaisseur des bois.

Comme un reflet du jour s'efface au sein de l'onde,

Alors tu disparus sous la forêt profonde ;

Longtemps au bord désert j'attendis ton retour,

Et lorsque tu revins au pâle crépuscule,

La douce odeur des fleurs, qui dans les airs circule,

Semblait te parfumer d'amour.

Que ta beauté me charme, ô fille de Sicile,

Quand debout sur le seuil de mon champêtre asile,

Je te vois parcourant le rocailleux sentier.

Oh ! le Ciel t'envoya pour embellir le monde :

Sans doute tu naquis de l'écume de l'onde

Ou de la fleur de l'églantier !

Jamais la mer, brisant aux rives d'Italie

Les ondulants anneaux de sa vague amollie,

Jamais le frais ruisseau murmurant sur le pré

N'ont reçu dans leurs flots de plus suave image

Que les traits gracieux de ton charmant visage

   Par un jour divin coloré!

Tes pas sont si légers quand tu parcours la rive,

Que leur bruit vague et doux me rappelle la grive

De l'amer genevrier balançant les rameaux ;

Mais si je vois de loin flotter ta robe blanche,

Et tes longs cheveux noirs tombant jusqu'à ta hanche

   Comme le saule des tombeaux,

Pour arriver à toi, l'aurore de mon âme,

Mes soupirs ont volé sur des aîles de flamme ;

J'appelle, je languis comme l'oiseau perdu ;

Mais pourquoi ton regard reste-t-il froid et sombre,

O fille du matin ? Quand je te suis dans l'ombre

    Mon amour est-il entendu ?

Ainsi disait Piétro, l'enfant de la chaumière ;

Mais vainement son œil, à travers la bruyère,

Cherchait la blanche robe au lumineux reflet ;

Vainement sur la rive il la cherchait encore :

Tout était solitaire, et sur le bord sonore

    La vague seule étincelait !

II.

Trois jours il attendit la gracieuse image

Qui se peignait, si belle, au frais miroir des eaux,

                7.

Trois jours il fit redire aux rochers du rivage

Un nom mélodieux perdu dans les roseaux;

Puis, quand l'aube éclaira sa quatrième veille,

A l'heure solennelle où la terre s'éveille,

Il leva dans l'espace un œil désespéré :

Cherchons-la, se dit-il, dans la nature entière,

Des bords que le soleil inonde de lumière,

Jusqu'à ceux où s'étend un ciel décoloré.

Il traversa les monts, les forêts, les abîmes,

Comme s'il eût ravi ses ailes à l'oiseau,

D'un pied infatigable il mesura les cimes

D'où le torrent s'épanche en éclatant réseau.

Il vit de mille fleurs la terre diaprée,

Le jour se revêtir d'une robe empourprée,

Sans quitter un instant le fatal souvenir ;

Puis, quand la nuit venait suspendre enfin sa course,

Il dormait sur la terre et buvait à la source,
Ou disait à l'écho ses rêves d'avenir.

Un jour enfin, au fond d'une âpre solitude,
Il entend d'un clairon les belliqueux accents,
Soudain il court, franchit la route étroite et rude
Qui du mont escarpé coupe les larges flancs;
D'illustres exilés la foule réunie,
Mêlait au bruit des vents une vive harmonie,
Sur un banc de gazon s'élevait un autel,
Dans l'azur grandissait la croix victorieuse,
Et d'un homme de Dieu la voix religieuse
Allait unir deux cœurs par un nœud éternel.

III.

Un jeune homme à l'œil noir, au mâle et fier visage,

Inclinait vers l'autel son front d'ombres voilé;

Comme au fond d'un ciel pur passe un sombre nuage:

Sur son sein orageux des pleurs avaient coulé;

Mais son ardent regard, prompt comme la pensée,

Caressait, plein d'amour, sa jeune fiancée,

     Et se relevait consolé.

Un long voile, cachant le front pur de l'amante,

Flottait moelleusement sur sa forme élégante;

Comme un flexible jonc par les vents balancé,

Sa taille se penchait vers son beau fiancé, —

Quand un souffle léger souleva la mantille.....

Lors, d'un cri douloureux le vallon retentit !

    Matutina, la blanche fille,

    Venait de s'unir au proscrit !

A NOTRE SIÈCLE.

XIII.

Rayonnant au sein de l'histoire,
Le siècle épuré de Louis,
Aux reflets brillants da sa gloire
Eclaire nos yeux éblouis !

Sûr comme celui qui le guide,

Il s'avance, ferme et rapide,

Vers le but marqué par les cieux :

Tel, dans les jours de fête antique,

Roulait dans l'arène olympique

Un char que protégeaient les Dieux.

Appuyé sur la foi divine

Dont la lumière le conduit,

Il marche, et son jour illumine

Les noirs abîmes de la nuit;

A son ombre que rien n'efface,

Toute gloire trouve sa place,

Toute vérité son appui;

Et dépouillé de sa couronne,

Le siècle d'Auguste s'étonne

Et se prosterne devant lui !

De ce grand siècle où se reflète

L'éclat sublime de la Croix ,

A peine un rayon se projète

Sur nos jours sceptiques et froids ;

Sa gloire pèse à notre gloire ;

Importunés par sa mémoire

Nous l'accablons de nos mépris ,

Car notre âge, dans sa carrière ,

Peut seul produire la lumière

Qui doit féconder les esprits.

Seuls arbitres de la science

Nous pénétrons tous les secrets,

Parcourant avec confiance

La route large du progrès.

Vainement l'énigme du monde

Veut opposer à notre sonde

Les mystères de l'univers :
Par nous toute flamme s'épure ,
Et de l'immortelle nature
Les miracles sont découverts.

De notre raison souveraine
Nous avons compris le pouvoir ,
Le préjugé qui nous enchaîne
S'efface devant le devoir !
Nous devons révéler à l'homme
La puissante loi qui le nomme
Maître absolu de l'action ;
Assez grand pour ses destinées ,
Il saura remplir ses années
Par sa sublime mission.

Il faut qu'à ces hommes, nos frères,

Heureux de marcher confondus,

Nous montrions la fin des misères

Dans les biens qui leur sont rendus !

De leur ciel dépouillé de voile

Doit disparaître toute étoile

Dont les feux les humiliaient ;

L'humanité poursuit sa tâche,

Et sa main triomphante arrache

Les vieux langes qui la liaient !

Ainsi disent, dans leur folie,

Ces audacieux novateurs,

Heureux d'étouffer toute vie

Sous leurs systèmes destructeurs !

Nivelant tout dans la nature,

Ils veulent que la créature

Règne par sa propre vertu ;
Que, brisant ce qu'il désavoue,
L'homme pose son pied de boue
Sur le front du temple abattu !

Des lumières de l'Evangile
Méconnaissant la vérité,
Ils veulent que leur fonds stérile
Produise la fécondité ;
Dépeçant ce sublime livre,
Où toute vérité doit vivre,
Où tout mensonge doit finir,
A ses enseignements sublimes
Ils mêlent les folles maximes
De leur romanesque avenir !

De six mille ans d'expérience
Détournant leurs yeux incertains,
Ils ont rêvé que la science
Saurait enchaîner les destins ;
En vain leurs têtes orgueilleuses
Subissent les lois douloureuses
Qui pèsent sur l'humanité ;
Peu faits à ces leçons suprêmes,
De leurs foudroyants anathèmes
Ils chargent la société.

Ah ! sans doute dans cette voie
Où s'agitent nos passions,
Le pied trop souvent se fourvoie
Parmi les institutions !
Sans doute il faudrait à cet âge
Un plus équitable partage

Des biens et des maux d'ici-bas,
Car sous le char de l'opulence
Souvent se traîne l'indigence :
La terre manquait à ses pas.

Sans doute, dans notre vieux monde,
Fier de ses sublimes clartés,
Il n'est pas de voix qui réponde
Aux immortelles vérités ;
Regardez cette île orgueilleuse
Elever, libre et glorieuse,
Son front par l'Océan baigné ;
Près d'elle, l'Irlande captive
Trempe de ses sueurs la rive
Où ses pères avaient régné !

Voyez le lion populaire

Fier d'avoir brisé ses barreaux,

Fouler aux pieds dans sa colère

Les victimes et les bourreaux ;

Ivre de sang et de carnage,

Il écume, il brise , il ravage

Comme un torrent dévastateur ;

Puis, plein d'une tranquille audace ,

Sur les ruines qu'il entasse

Il s'assied en triomphateur !

Mais le mal, jeté sur la terre

Par la faute de notre orgueil,

Est pour nous, sublime mystère,

A la fois le port et l'écueil :

Le juste à ce creuset s'épure ,

Il sait que toute créature

8

Doit le tribut à la douleur;

L'impie en vain doute et blasphème ,

Au fond de tout humain système

Il doit rencontrer le malheur.

En vain dans ce monde où tout passe ,

Où l'homme n'habite qu'un jour ,

Il a vu briller sur sa trace

Des rayons de gloire ou d'amour ;

Rapides comme un météore,

Ces lumières de son aurore

N'illumineront pas sa nuit ,

Si , sourd à la voix qui le guide ,

Il ne marche d'un pas rapide

Dans la route où Dieu le conduit.

Ah ! si vers la croix du Calvaire ,

Nous pressions nos pas incertains,

Le jour éternel qui l'éclaire

Saurait éclaircir nos destins :

Nous entendrions le Fils de l'Homme

Nous répéter que son royaume

N'est pas un royaume d'un jour,

Qu'en sa croix est notre espérance,

Et qu'il réserve à la souffrance

Le bonheur du divin séjour !

SOIRÉE D'AUTOMNE.

XIV.

Oh ! la nuit ! Qu'elle est belle aux brises de l'automne,
Quand la forêt profonde effeuille sa couronne,
Qu'on écoute de loin le haut cyprès gémir,
Et le vent soupirer , et la branche frémir,

Qu'au ciel, resplendissant d'étoiles scintillantes,

Naissent, pour s'effacer, quelques flammes tremblantes :

J'aime alors à porter mon regard incertain

Vers l'éclair qui jaillit à l'horizon lointain,

Et je me dis : Ainsi notre vie est un songe !

Semblable au noir abîme où cet éclair se plonge,

Si nous voyons parfois une flamme y surgir,

C'est pour dévorer tout, gloire, amitié, plaisir ;

Et quand nous arrivons à sa borne inconnue,

Il ne reste plus rien qu'une existence nue,

Un rameau défloré dont le fruit décevant

Livre son dernier germe au dernier coup de vent !

Je suis jeune ! du temps l'inévitable injure

N'a point encor blanchi ma brune chevelure ;

Ni gravé sur mon front ces rides, précurseurs

D'un âge d'abandon, d'isolement, de pleurs,

Et pourtant que de deuil a pesé sur ma tête !

Plus frêles qu'au printemps la frêle violette,

J'ai vu ces cœurs si purs, faits pour la vérité,

Ces êtres qui vivaient d'espoir de charité,

Se courber sous le poids de leur prison mortelle !

Mais pour vivre ici-bas leur âme était trop belle !

Le corps s'est consumé, sans vie et sans chaleur,

L'insecte vil remplit la place où fut leur cœur,

Et si je vis d'espoir, consolateur suprême,

Je vois autour de moi passer tous ceux que j'aime,

Le teint pâle, l'œil fixe et le front sans cheveux,

Me dire encore : Espère, espère si tu peux.

Ils ne sont plus; l'espoir devient vain comme eux-mêmes,

La mort a tout frappé de ses arrêts suprêmes,

Et tout a disparu : l'hiver détruit la fleur !

O frais enchantement de mes jours de bonheur,

Rêves de l'amitié, rêves plus doux encore,

Rêves évanouis dans une sombre aurore,

Passagers comme un souffle et légers comme lui !

Pourtant il est des cœurs où le soleil a lui.

Moi, j'ai vu s'épaissir les brumes de l'automne,

Et la feuille tomber, et le cri monotone

Du grillon, sous le chaume ou le buisson caché,

Retentit tristement dans mon cœur desséché ;

Mais le gazon jauni qui couvre les campagnes

Et que broute, en passant, la chèvre des montagnes,

La branche que dépouille un souffle des autans,

Reverdiront au ciel radieux du printemps;

La lune que je vois, rougeâtre comme un phare,

Sur des champs attristés verser un jour avare,

Aux belles nuits de mai, de son disque argenté,

Dévoilera l'éclat et la sérénité;

Mais moi, plus de fraîcheur, plus de jour pour mon âme !

Que dis-je ? ai-je oublié cette éternelle flamme,

Baume que Dieu nous verse au jour de nos douleurs,

Espérance céleste, ange aux aîles de fleurs !

Oh ! que ton front empreint d'une lueur divine

Peint bien à mon regard ta suprême origine,

Espérance ! avec toi le cœur le plus froissé

Peut arracher le trait dont il se sent blessé.

Oh ! tu me les rendras ! dans la sainte patrie

Permets moi d'entrevoir ceux dont je fus chérie,

Permets-moi de saisir dans la brise du soir

Un seul de leurs soupirs, le ciel sera moins noir;

Leur souvenir sacré m'embellit la nature !

Que j'entende leur voix dans l'arbre qui murmure,

O divine espérance ! écarte le gazon

Qui grandit sur la terre où je gravai leur nom ;

Je les retrouverai dans le sein de Dieu même,

Je les retrouverai dans ce Ciel où l'on aime ;

L'amour ! voilà le Ciel, voilà l'éternité !

O mon Dieu, sois béni, l'amour t'a tant coûté !...

. . . .

1830.

A VALÉRIO.

XV.

I.

Sur le front du rocher sauvage
Où brise le flot irrité,
D'un poète, amant de l'orage,
Le pied hardi s'est arrêté.

Que vient y chercher son génie ?

La tumultueuse harmonie

Des vagues roulant vers le bord ,

Ou , sur la lame transparente

Le reflet de la voile errante

Que le vent berce sans effort.

Debout sur la stérile crète ,

Fuyant les humaines rumeurs ,

Il écoute de la tempête

Les retentissantes clameurs !

Cette grande voix des abîmes

Révèle des accords sublimes

A l'âme de l'homme inspiré.

Murmure de démon ou d'ange,

Il recueille cet hymne étrange

Qu'un luth suprême a soupiré !

Puis, quand le flot grondant s'apaise,

Quand la mer, comme un blanc coursier

Pliant sous le joug qui lui pèse,

Incline aussi son front altier ;

Que le soleil, âme du monde,

Jette sur l'écume de l'onde

Un réseau de paillettes d'or,

Que l'azur brillant se dégage

Du sombre voile de l'orage,

Il dit au ciel : Encor, encor !

Encor la tempête sonore,

Encor ses sublimes accents,

Encor le soleil qui colore

Des horizons éblouissants ;

Encor la voile suspendue

Nageant sur la molle étendue

Comme un cygne au col argenté,

Le reflet des cieux sur la lame,

Couleurs, tableaux, hymnes de l'âme,

Qui remplissent l'immensité!

II.

Il a compris ta voix, solennelle nature!

La voix qui s'élevant de toute créature

Exhale vers le Ciel d'harmonieux soupirs;

Tes accords ont trouvé des échos dans son âme,

Poétique foyer de la divine flamme

Qu'alimentent sans fin les éternels désirs!

Moi, j'ai longtemps cherché sur ton clavier sonore

Un son qui retentit sous ma main faible encore;

Une fois j'avais dit : Nature, humanité,

Dieu, ce mot qui comprend l'être, le temps, l'espace;

Je me sentais poète, et sur mon front de glace

Du souffle inspirateur le vol fut arrêté.

Mais depuis, un nuage élevé dans mon âme,

Sous une nuit épaisse en a caché la flamme,

Tout est devenu trouble, erreur, confusion;

Si parfois un instant je me retrouve encore,

Le crépuscule est là qui me cache l'aurore,

Et le ciel assombri me refuse un rayon.

Qu'il est triste le jour où l'esprit perd la trace

De la gloire qui fuit, du talent qui s'efface,

Ce jour d'indifférence et de trouble à la fois,

Où, tandis que la nuit couvre l'intelligence,
Au fond du cœur ému brûle une flamme immense
Qui consume la lyre en étouffant la voix !

Plaignez-moi, plaignez-moi, vous dont l'âme épurée
Des célestes clartés ne s'est point séparée,
Vous qui voyez la vie au poétique jour,
Dont les rêves heureux cherchent un autre monde,
Et qui n'avez connu sur la terre inféconde
Que la sainte prière et l'immuable amour !

Vous n'avez point trouvé dans votre heureuse course,
Des pleurs mêlés de fiel l'intarissable source ;
Jamais de votre ciel l'azur ne s'est voilé ;
La vague impétueuse à vos pieds se balance,
Et vos calmes regards errent, dans le silence,
Du frais cristal de l'onde à l'azur étoilé.

Eh bien! j'en bénis Dieu. Qu'à jamais sa sagesse

Des orages du cœur sauve votre jeunesse ;

Qu'il dirige lui seul vos pas encor tremblants.

Mais quand vous atteindrez à ce sublime faîte,

Toujours inaccessible au choc de la tempête,

Souvenez-vous de moi, j'eus aussi des talents.

AVE MARIS STELLA.

XVI.

I.

O vous qui conservez, malgré vos défaillances,
Un profond souvenir de vos jeunes croyances;
Qui n'êtes point ardents pour le mal, dites-moi :
Ne pensez-vous jamais à ces jours où la foi

Vous conduisait, enfants, au seuil du sanctuaire

Et dictait de vos cœurs l'innocente prière;

Où, fiers d'être guidés par de pieux penchants,

Aux chants religieux vous unissiez vos chants?

Dites-le : vous cherchez sur un brillant théâtre

Ces accords enchanteurs que votre âme idolâtre;

Mais l'art des Rossini, des Auber, des Boeldieu,

Vaut-il l'hymne du soir à la Mère de Dieu?

Quand des milliers de voix, sous la voûte bénie,

Elèvent vers le Ciel ta sublime harmonie,

Ave maris stella, je ne t'entends jamais

Sans m'enivrer d'amour, de bonheur et de paix.

Oui, le bonheur est là, mais n'est point où vous êtes,

Gens du monde, l'ennui s'empare de vos fêtes,

Et la satiété vous gâte ces plaisirs

Qu'appelèrent longtemps vos insensés désirs.

Heureux chrétiens, le siècle, au siècle près d'éclore

Doit léguer ces grands jours qui vous charment encore,

Et depuis deux mille ans des cœurs ont tressailli

A ce sublime accent par le Ciel recueilli.

Cri des peuples : la terre et les cieux s'y confondent ;

L'homme parle à sa mère, et les anges répondent.

II.

Salut, soleil d'espérance !

Étoile des mers, salut !

La terre accorde son luth

Pour célébrer ta puissance,

Étoile des mers, salut !

Salut, arche tutélaire,

Doux refuge du pécheur ;

Lys éclatant de blancheur,

Le ciel t'envie à la terre,

Lys éclatant de blancheur !

Salut, ô fille de l'homme,

Mère de l'Auteur des cieux ;

Des noms les plus glorieux

Le monde à jamais te nomme,

Mère de l'Auteur des cieux !

Salut, douce providence

Des fils d'Eve voyageurs ;

Toi seule sèmes des fleurs

Sur la rapide existence

Des fils d'Eve voyageurs.

Un mot d'amour ou de gloire

Toujours s'attache à ton nom ;

Du plus ineffable don,

La solennelle mémoire

Toujours s'attache à ton nom !

III.

Ainsi l'univers chante, ô céleste Marie !

Pour moi que tu conduis au chemin de la vie,

Dont tu soutiens les pas, diriges les travaux :

J'aurai pour t'en bénir des préludes nouveaux.

J'aime à te célébrer, ô ma sainte patronne !

A tresser pour ta tête une fraîche couronne,

A t'offrir de mes vers le poétique encens ;

Ton nom puissant et doux fécondera ces chants.

Oui, peut-être un rayon de ta gloire éternelle

Fera jaillir sur eux sa brûlante étincelle,

Et leurs sons, protégés par ton doux souvenir,

Rediront ta louange aux siècles à venir !

VOLEZ ESSAIM LÉGER.

XVII.

Volez, essaim léger, sur la riante voie
Qu'embellissent pour vous le plaisir et la joie ;
Des sévères pensers éloignez votre cœur ;
Leur goût est trop amer pour une âme amollie,
La coupe, qu'aujourd'hui vous offre la folie,
　　　Contiendra pour vous le bonheur !

Mais moi, qu'irai-je faire au milieu de la foule ?

Me mêler au torrent qui s'amasse et s'écoule ?

Voir les lustres pâlir aux reflets du matin ?

La fatigue ternir les joyeuses figures ?

La poussière souiller les brillantes parures ?

   J'aime mieux un écho lointain.

Le saule, balancé par la brise d'automne,

Du pâtre musicien le refrain monotone,

La lune répandant sa tremblante clarté,

Les parfums que, le soir, exhale la campagne

Valent bien ces plaisirs que la gêne accompagne,

   Tristes fruits de la vanité !

Et si, pour compléter le bonheur que je rêve,

Le regard d'un ami sur le mien se soulève ;

Si, même sans parler, il a compris mon cœur

Et jouit, comme moi, du paysage agreste,

Alors mon âme monte à la voûte céleste,

Pour en bénir le Créateur.

BALLADES ET ROMANCES.

XVIII.

I.

Le Voyageur.

VERS ce château vieilli par le temps et la guerre,
Pourquoi tourner tes pas, jeune homme au front bruni?
Son nom s'est effacé sous les festons du lierre,
Et l'orfraie à ses murs a suspendu son nid.

Entends le vent frémir sous la voûte ébranlée,
Son sourd gémissement remplit l'âme d'effroi ;
Ainsi, dans les vieux temps, de la tour écroulée
Retentissait au loin le sinistre beffroi.

Mais j'ai souffert, dis-tu : cette sombre harmonie,
Cet aspect désolé plaît à mon âme en deuil.
Je préfère aux cités la campagne jaunie,
Aux fêtes des palais les leçons du cercueil.

Le temps n'a point blanchi ma noire chevelure,
Mais, comme ces remparts, le malheur m'a vaincu ;
Je veux dans ces débris cacher ma vie obscure :
Je suis débris comme eux, et comme eux j'ai vécu.

Ne parle point ainsi, jeune homme au cœur de flamme,

Car la nature est bonne à ses moindres enfants;

Viens dans son sein fécond reposer ta pauvre âme,

Elle peut faire encor refleurir tes beaux ans.

II.

Vision.

Sous un ciel bien noir,

Je rêvais un soir

D'orage;

La mer en courroux

Battait à grands coups

La plage.

Je voyais passer,

Tourner et danser

Des gnômes,

Mêlés aux ondins,

Aux sylphes mondains,

Fantômes,

Qu'aux feux des éclairs,

On voit dans les airs

Livides,

Ceints de joncs serrés,

Cueillis dans les prés

Humides.

L'afrite effrayant

Du riche Orient,

Et l'ombre

De l'Occident noir,

Hôte du manoir

    Bien sombre.

Péris, revenants,

Dives menaçants,

    Immondes ;

Sur d'affreux débris,

Menaient des esprits

    Les rondes.

Leurs cheveux épars

Formaient aux regards

    Des chaînes,

Qui, tournant en rond,

Se liaient au tronc

    Des chênes.

Et moi j'avais peur ;

Je disais : mon cœur

    Expire ;

Comme au jour vermeil

Se fond au soleil

    La cire.

Quand à l'horizon ,

Je vis un rayon

    Céleste ;

Et tout s'effaça ,

Son jour éclipsa

    Le reste.

III.

Notre Dame du Bord de l'Eau.

Le flot lentement se soulève,
Le vent vient mourir sur la grève ;
Jetons à l'onde nos esquifs ;
Saluons la lune d'automne,
A l'heure où la fille bretonne
Rêve de flots et de récifs.

Pourquoi, jeune fille craintive,
Trembler quand je quitte la rive,

Et redouter le flot amer ?

N'ai-je pas, pour guider mes voiles,

La Vierge au front semé d'étoiles

Qui les dirige sur la mer ?

Douce Vierge, dont la chapelle

Du bord protège ma nacelle

Tremblante sous l'effort du vent ;

Quand gronde la mer en furie,

Toujours la céleste Marie

La sauve du gouffre mouvant.

Mais si la lune, terne et pâle,

Ensevelit son front d'opale

Sous les plis d'un sombre rideau,

Viens, à genoux sur le rivage,

Prier, pour conjurer l'orage,

Notre-Dame du bord de l'eau.

IV.

Ballade de la Châtelaine.

QUAND la nuit descend sombre,

Qu'à la chûte du jour

Disparaissent dans l'ombre

Les créneaux de la tour ;

Quand l'oiseau des ruines,

De son vol inégal,

Passe à travers les bruines

Comme un morne signal.

Et que sous les ogives

Les ombres des aïeux

Se promènent plaintives,

Levant au Ciel les yeux ;

Et que la voûte noire,

Comme un orgue infernal,

Semble chanter l'histoire

Du manoir féodal ;

Que la brise déroule

La bannière à longs plis,

Comme au vent qui les foule,
Ondulent les épis;

Que la harpe sonore
Du joyeux ménestrel
Fait retentir encore
Le chant du carrousel;

Et que sur la falaise
Où l'oiseau vient dormir,
La vague qui s'apaise
Plus bas semble gémir;

Alors, je viens pensive,
Aux créneaux de la tour,

Mêler ma voix plaintive

Aux derniers bruits du jour.

Et, quand tout me le cache,

Encore apercevoir

L'éclat d'un blanc panache

Dans les vapeurs du soir;

Car, si le jour suprême

Ne brille plus ici,

Pour voir celui qu'elle aime,

L'âme a des yeux aussi!

V.

Apparition.

Vois-tu, là-bas, dans la clairière,
Flotter cette pâle lueur,
Dont la fugitive blancheur
Semble glisser sous la bruyère?
Incline-toi, parlons tout bas;
Ce n'est point un rayon de lune,
Qui, moelleux, argente la dune,
Comme pour éclairer nos pas.

N'abandonne point le rivage
Pour suivre cet éclair trompeur,
Car bientôt le froid de la peur
Blanchirait ton mâle visage !
Incline-toi ! parlons tout bas :
Le vent qui courbe la bruyère
Semble exhaler une prière,
Qui se mêle au bruit de nos pas.

Prions, de peur que ce prodige
N'éclaire aussi notre tombeau ;
Du sang le plus pur, le plus beau,
Cette terre garde un vestige.
Un jour, sous ce ciel étoilé,
Brilla l'acier de la vengeance ;
Depuis une ombre erre en silence
Sur le sol qu'elle avait foulé.

Tout fut enseveli dans l'ombre,

Crime, innocence ou repentir;

Mais, depuis, on entend gémir

Le vent grondant dans la nuit sombre.

On voit cette pâle lueur

Eclairer le lieu du mystère,

Comme une étoile solitaire

Veillant pour venger le malheur !

A MONSIEUR DE L. R.

XIX.

Oh! vous me demandez pourquoi je suis poète ;
Demandez à l'été pourquoi le blé jaunit ;
Pourquoi l'onde s'épanche et pourquoi l'alouette
Au sein des verts sillons aime à placer son nid.

11.

Par un instinct, instinct profond, irrésistible,
Souffle inné, qui maîtrise une âme dans ses jeux,
Comme le vent du soir agite un lac paisible,
Ainsi l'âme se ride à ce souffle orageux.

Le barde doit chanter, comme la flèche vole,
Comme la flamme brûle et l'étincelle luit;
Mais sur son front paré d'une double auréole,
Le voile du malheur aussi répand sa nuit.

Ah! n'enviez jamais le destin du poète!
Vainement sur le monde a brillé le soleil;
Tandis qu'il passe seul, battu par la tempête,
Son œil mouillé de pleurs connaît peu le sommeil.

Hélas! le barde passe inconnu sur la terre;

Nul ne saura jamais le poids de ses ennuis,

Ni les brûlants soupirs qu'à l'ombre du mystère,

Il élevait au Ciel dans ses ardentes nuits.

Et quand d'un œil distrait il parcourt la nature,

Il se dit tristement : Où donc est le bonheur?

Autre, je le rêvais, quand de ma voix trop pure

Les premiers chants d'amour débordaient de mon cœur.

L'étoile du bonheur n'éclaire point sa vie,

Du poids de sa pensée il demeure accablé;

Tandis qu'il cherche en vain ce calme qu'il envie,

D'un pied indifférent le monde l'a foulé.

A MONSIEUR DE L. R.

N'importe, il frappera de sa voix inspirée

La foule insoucieuse ou l'écho des déserts,

Comme au jour du Seigneur, de l'enceinte sacrée,

Un nuage d'encens se répand dans les airs.

LA NOVICE.

Et l'on a appelé le cloître inutile! Il n'avait donc jamais souffert celui qui a pu parler ainsi! O inutilité du cloître, je vous admire et vous bénis; car je n'ai trouvé de refuge qu'en vous, quand j'étais mourante, et seule dans le monde.

BLANCHE.

XX.

Hier vient de finir : l'airain mélancolique
Retentit douze fois dans le clocher gothique,
Limite qui s'élève entre le temps et moi;
Quelques heures encore et tout finit.... Pourquoi?

Oui, pourquoi? quand au fond de mon âme éperdue

Je sens se révolter ma liberté perdue,

Qui, me montrant le poids de ces vœux absolus,

Me redit mille fois : tu ne le pourras plus.

Non, tu ne pourras plus franchir ce mur d'enceinte

Où viennent se briser le regret et la plainte;

Non, tu ne pourras plus, au déclin d'un beau jour,

Sentir battre ton cœur d'espérance et d'amour,

Car l'amour devient crime où l'espoir est folie !

Briser les sentiments dont ton âme est remplie,

Au bien de vivre à deux à jamais renoncer,

Ne pouvoir librement rêver, pleurer, penser,

Condamner comme un crime une larme, un murmure :

Voilà ton sort futur, fragile créature......

Où suis-je? quel démon s'empare de mon cœur?

M'abandonnerez-vous, grâce de mon Sauveur?

Infirme créature, où s'égare ton âme ?

Cet asile éternel que ton malheur réclame

Est-il donc effrayant pour être le repos ?

Quand ton cœur fléchissait sous le poids de ses maux,

Ton œil, mouillé de pleurs, entrevit la lumière

Et salua de loin la paix du sanctuaire.

Depuis le temps a fui. Le soleil, dans son cours,

A ramené trois fois les saisons et les jours,

Sans qu'un mot de tendresse, une douce parole,

Ait répandu sur toi le baume qui console.

Le monde a-t-il le temps de cesser de jouir

Pour contempler des pleurs qu'il ne sait point tarir ?

Au malheureux vaincu par sa longue souffrance,

Du sein de ses plaisirs crîra-t-il : Espérance ?

Au doute ténébreux montrera-t-il le jour ?

A la déception donnera-t-il l'amour ?

Peut-il lever un voile ou sécher une larme ?

Hé bien ! si, jeune encor, j'ai pénétré le charme

Qu'à l'inexpérience il ne cesse d'offrir,

Si sa pompe, jamais n'a fixé mon désir,

Si j'ai répudié sa flétrissante joie,

Si de ses doux sentiers j'ai séparé ma voie,

Si, pour le condamner, mon austère regard

Dans ses trompeurs atours plongea de toute part,

Pourquoi suis-je tremblante à cette heure suprême?

Il est d'autres liens, dont la douceur extrème

Vient encore arracher un soupir à mon cœur,

Nom d'épouse et de mère, angélique bonheur.

Peut-être pour toi seul le Ciel m'avait fait naître,

Et je t'ai méprisé, ne pouvant te connaître!

Mais qu'ai-je dit? au fond du plus doux sentiment

N'ai-je pas rencontré le désenchantement?

L'épouse abandonnée au foyer domestique,

Une mère au tombeau plaçant son fils unique;

L'amante confiante au bonheur à venir,

Et pour le lendemain semant le repentir,

Tandis que, dédaignant le songe qu'elle achève,

Celui qu'elle attendait poursuit un autre rêve,

Puis-je d'un seul regret honorer ce néant ?

Mais il est d'autres biens, un Dieu m'en est garant.

Combien de fois, assise au sommet des montagnes,

Embrassant d'un regard et les vertes campagnes,

Et les hameaux riants aux côteaux suspendus,

Et les clochers lointains dans les vapeurs perdus,

Ai-je senti mon âme, encore circonscrite,

D'un horizon plus large atteindre la limite ?

Je me disais : auprès de ces pics menaçants,

Je ne suis qu'un atôme, et néaumoins je sens

Dans le fond de mon être une noble puissance ;

J'aspire, je connais et mon désir s'élance,

Du sein de ces objets qui séduisent mes yeux,

Vers la terre nouvelle et vers les nouveaux cieux,

Et je voulais alors, sous une voûte humide,

De ce désert pour moi faire une Thébaïde;

Mais j'avais une mère, et le monde réel

Tous les jours m'arrachait aux extases du Ciel.

Aujourd'hui tout est dit : seule au milieu du monde,

Je ne sais où trouver un cœur qui me réponde,

Et le mien, desséché par la chaleur du jour,

Par l'égoïsme impur, meurtrier de l'amour,

Veut, pour se dilater, la paix du sanctuaire

Et les divines eaux que verse la prière.

Que ne puis-je épancher sur le seuil de l'autel

Un cœur purifié de tout contact mortel!

D'autres exhaleront vers le Dieu de leur vie

Les sublimes élans de leur âme ravie.

Moi, le front dans la cendre et l'œil mouillé de pleurs,

Je confirai la mienne à l'homme de douleurs,

Au Dieu qui, fléchissant devant l'amer calice,

Justifia le trouble au jour du sacrifice.

Mais quand la volonté, par un dernier effort,

De l'éternel repos nous a donné le port,

Que l'humaine nature, instruite de sa force,

Avec les vains désirs pour toujours fait divorce,

Ah! le bonheur est là, le vrai bonheur en Dieu!

Sois béni, jour suprême, où le dernier adieu

Va m'arracher d'un monde où je fus étrangère;

Mon fardeau fut pesant, mais par toi, jour prospère,

Je vais le déposer aux pieds de l'Eternel.

O Christ! ô du pardon arbitre solennel!

D'un instant de délire, absous ton humble fille,

Bénis tous tes enfants, virginale famille,

A la voix de Thérèse unis pour t'adorer!

Dieu des infortunés! toi qui savais pleurer,

D'un cœur sauvé par toi reçois l'ardent hommage:

La guérison de l'âme est ton plus grand ouvrage.

GÉMISSEMENTS DES TRIBUS D'ISRAËL CAPTIVES.

XXI.

Imitation du Psaume CXXXI.

Assises sur les fraîches rives
De l'Euphrate aux flots de cristal,
Aux fers de l'étranger captives,
Nous pleurons loin du sort natal !

12

Aux branches tremblantes du saule

Nous avons suspendu nos luths;

Loin du jour la fleur s'étiole :

Dans l'exil nous ne chantons plus.

Nos ennemis ont dit : Chantez-nous ces cantiques,

Qu'aux jours de vos grandeurs vous faisiez retentir;

Tirez des sons nouveaux des harpes hébraïques :

Nous sommes faits pour les sentir.

Ceux qui, loin de notre patrie,

Ont traîné nos pas chancelants,

De Sion, la terre chérie,

Osaient nous demander les chants.

Qui pourrait chanter vos cantiques
Sous un ciel étranger, Seigneur ?
Et mêler nos hymnes antiques
Au cri profond de la douleur ?

Jérusalem, terre sacrée,
Si je perdais ton souvenir,
Loin de toi, patrie adorée,
Si ma voix cessait de gémir ;

Que plutôt ma langue séchée
Ne puisse enfanter un accord ;
Que ma droite soit arrachée,
Comme l'arbre stérile et mort !

Souvenez-vous, Seigneur, du jour de sa ruine,

Quand du cruel Edom les profanes enfants,

Dévastant, furieux, votre cité divine,

S'écriaient : Détruisez jusqu'à ses fondements!

Malheur, malheur sur eux si le Seigneur nous donne

Un jour pour les surprendre au fond de leur repos ;

    Heureux, fille de Babylone,

    Celui qui te rendra nos maux,

    Et qui, maître de tes barrières,

    De tes remparts abandonnés,

    Brisera sur leurs larges pierres

    Le front de tes fils nouveaux-nés.

A MADEMOISELLE AMÉLIE B.

XXII.

J'ÉTAIS triste hier soir, car dans ma solitude

L'hiver aux doigts glacés arrivait sombre et rude;

J'entendais au dehors le feuillage mouvant,

Inondé par la pluie, agité par le vent,

Soupirer des accents pleins de mélancolie !

Et moi près de mon feu, pensive et recueillie,

Je me plaisais à voir tourbillonner dans l'air

L'étincelle échappée au foyer large et clair ;

Tandis qu'un jeune ami, la voix toute saisie,

Murmurait quelques mots d'art et de poésie,

Et que ma mère, assise au coin le plus obscur,

Dessinait vaguement son ombre sur le mur,

Mon âme se berçait à ce bruit monotone

De la voix qui soupire et du vent qui résonne ;

A mes pensers flottants je me laissais aller,

Quand un accent plus doux est venu m'éveiller.

Merci, vous dont le cœur, comme un vase céleste,

Renferme des trésors de piété modeste,

Merci du souvenir qui vous ramène ici !

De ces jours écoulés je me souviens aussi.

Je n'ai point oublié ces entretiens si vagues

Qui se mêlaient, rêveurs, au bruit confus des vagues,

Ni ces flots de soleil roulant sur d'autres flots,

Ni la grève pierreuse où se brisent les eaux,

Ni ces rocs escarpés qu'ensemble nous gravîmes

Et dont en frémissant nous atteignions les cîmes,

Ni ce ciel lumineux qui s'étendait si pur,

Ni ces pins verdoyants, ni cette mer d'azur,

Ni le vieil ermitage au front de la colline,

Dont le mur ébranlé tombe et pend en ruine !

Ces objets me sont chers, ils sont vivants en moi,

Comme un ardent foyer de lumière et de foi,

Car cette terre heureuse abrita mon enfance

Et reçut de mon cœur la première espérance.

Merci donc ! mais le sort me jette loin de vous,

De vous dont l'amitié me semble un bien si doux.

Que de fois l'œil tourné vers cette Babylone,

Où les plaisirs impurs ont établi leur trône,

Sans bannir des vertus le pouvoir bienfaisant,

Mon cœur a demandé : Que fait-elle à présent ?

Peut-être l'orphelin que le riche repousse

Ecoute avec bonheur sa parole si douce ;

Peut-être, pour vêtir le pauvre abandonné,

Joint-elle son travail à l'or qu'elle a donné,

Ou, peut-être, mêlant sur sa riche palette

Ces savantes couleurs où le Ciel se reflète,

Sur la toile elle va reproduire à son choix

Les nobles traits de l'homme ou le charme des bois.

Puis, je me dis encor : bienfaisante et pieuse,

Du bonheur qu'elle donne est-elle au moins heureuse ?

Hélas ! pour le bonheur son cœur n'était point fait !

De la rude souffrance il a subi l'effet.

La souffrance ! creuset où la vertu s'épure,

Mot qui trouve un écho dans toute créature ;

Car j'ai souffert aussi ! j'ai vu sous le tombeau

De la pure amitié s'éteindre le flambeau.

Hélas ! de tant de mains que je tenais pressées,

Par le froid de la mort combien se sont glacées !

Que de rêves déçus, dispersés sans retour,

Comme ces feux follets fuyant devant le jour !

Je suis jeune et ne puis vers l'invisible monde

Elever un soupir, qu'un soupir n'y réponde ;

Et si votre amitié ne versait sur mon cœur

Son suave parfum de paix et de douceur,

Le fugitif espoir m'aurait ravi ses charmes.

Cependant, je rends grâce à Dieu qui, dans mes larmes,

A fait frémir la lyre aux sons harmonieux,

La lyre aux cordes d'or qu'il m'envoya des Cieux.

Au ton de la douleur ma voix s'est modulée,

Et ces chants échappés de mon âme isolée,

Et ces hymnes d'exil, d'attente, de repos,

Dans plus d'une âme en deuil ont trouvé des échos !

Mais si vous n'avez pas la lyre, don suprême,

Qu'aux bardes de son choix le Ciel donna lui-même,

Vous possédez cet art séduisant, enchanteur,

Où circule sans cesse un souffle créateur.

Puisse cet art charmant verser sa poésie

Sur cette âme de feu que le froid a saisie !

Puisse-t-il, effaçant un triste souvenir,

Lui ramener l'espoir d'un meilleur avenir !

Mais que dis-je ? au chevet d'une mère souffrante,

Tout art est impuissant, toute flamme mourante ;

Pour retrouver encor sa féconde chaleur,

Il faut qu'un sort plus doux rassérène le cœur ;

Il faut un peu d'amour, un peu d'amitié tendre,

Et l'espérance en Dieu qui seul peut nous entendre,

Et guérir nos douleurs par un secours divin,

Que le cœur déchiré n'implore pas en vain.

J S...

SAINT VICTOR, LE 2 FÉVRIER.

XXIII.

I.

Sur les bords enchantés d'une mer au flot pur,
Que le ciel du midi revêt de son azur,
De la vieille abbaye à faces crénelées,
Entendez-vous partir les bruyantes volées ?

Elles vont annoncer à la grande cité

Le retour annuel de la solennité

Qui rouvre aux fils heureux de la riche Marseille

Ces caveaux vénérés où la vertu sommeille !

Registre mortuaire à tous les temps fermé,

Et du sang des martyrs trop souvent imprimé,

Où le son fugitif qui s'élève et retombe

Semble toujours l'écho s'exhalant d'une tombe.

Eh bien ! dès que le temps, régulier dans son cours,

Aux fidèles ravis ramène ces grands jours,

Tout un peuple, apportant ses vœux et son offrande

Et murmurant tout bas quelque vieille légende,

Vient déposer auprès de l'autel souterrain,

Dont il n'ose franchir la barrière d'airain,

Ces peines, ces douleurs amères de la vie,

Que console toujours un élan vers Marie ;

Car, comme au Ciel, Marie est reine dans ces lieux ;

Sa voix mélodieuse y parle au cœur pieux,

Qui, vers elle apportant son filial hommage,

Sur la mer de la foi jamais n'a fait naufrage.

En vain, des cierges saints un jour doux reflété,

Du vaste souterrain perce l'obscurité.

Tout revêt une forme étrange, indéfinie;

Aux parfums de l'encens mêlant sa voix bénie,

Le prêtre, organe humain de l'organe éternel,

Rend plus frappant encor ce calme solennel;

Et la foule s'incline à cet accent sublime

Qui révèle à nos cœurs la céleste victime;

Oui, dans ces murs sacrés, la foi des temps anciens

Semble encor présider aux pompes des chrétiens.

Qui donc pourrait douter, sur ces tombes sacrées

Où dorment des martyrs les cendres révérées?

Qui donc pourrait livrer à l'incrédulité

Cet éternel espoir par le sang cimenté?

II.

Cependant, tandis que j'écoute,

Un écho léger et plaintif

Frappe la ténébreuse voûte

De son murmure fugitif,

Est-ce une âme qui se réveille

Et fait mourir à mon oreille

Ce son de moi seule entendu?

Est-ce un souffle du vent qui passe

Et se révèle dans l'espace

Par ce soupir inattendu?

Sont-ce des sons ravis aux harpes éternelles ?

Soudain j'ai vu jaillir des gerbes d'étincelles,

Tout s'est illuminé sous un jour radieux ;

Seule j'ai contemplé les visions célestes,

La terre s'est ouverte et m'a montré les restes

De ces hommes divins dont l'âme vit aux Cieux !

Etendus sur leurs lits funèbres,

J'entrevois ces martyrs célèbres,

De la mort vainqueurs glorieux ;

Comme une auréole divine,

Un feu sacré les illumine

De son éclat mystérieux !

III.

Oh ! puisque vous percez l'obscurité des âges,

Déployez à mes yeux de nouvelles images,

Hommes des temps passés !

Ressuscitez pour moi les jours de barbarie,
Où des monstres sans frein exerçaient leur furie
        Sur vos membres glacés !

        Vents, pour ranimer ces reliques,
        Soufflez des quatre points du ciel,
        Ainsi que dans les jours antiques,
        Vous voliez aux cris prophétiques
        Du barde sacré d'Israel.

IV.

Et les vents ont soufflé ! les voûtes ébranlées
Répercutent leurs voix à d'autres voix mêlées ;
Des atômes légers montent en tourbillons,
Tels, des flocons épais blanchissent les sillons !

Pour cacher l'âme pure à tout regard profane,

Ils revêtent d'un corps sa forme diaphane ;

Sortis de leurs tombeaux, martyrs, religieux,

Des hommes d'autrefois viennent peupler ces lieux ;

J'entrevois ce guerrier, qui, lassé de la terre,

Sur le sol des païens plaça le sanctuaire,

Et scella de son sang d'impérissables droits !

Pour ce peuple nombreux ces murs sont trop étroits.

Voûtes, élevez-vous ; dévoilez-leur encore

Les éclatants rayons du soleil qui vous dore.

Soudain la terre tremble et la scène a changé !

Pourquoi donc autour d'eux tout ce peuple rangé ?

Vision de terreur ! sous ces visages sombres

Mon œil épouvanté n'aperçoit que des ombres,

Vivants des siècles morts, triste exhumation

Qui va me révéler la grande nation !

V.

Bientôt sur ces cent mille têtes,

Ce long cri : les chrétiens aux bêtes !

Roule comme un affreux signal ;

L'enfer le répète avec joie,

Et sa milice se déploie

Au bruit de cet hymne infernal.

Charme d'une fête romaine,

Des monstres parcourent l'arène,

Acteurs à grands frais rassemblés ;

Déjà s'avancent les fidèles,

Et là-haut, de leurs blanches ailes,

Les saints anges se sont voilés !

VI.

Les insolents propos commencent le martyre :
Chrétiens, sacrifiez aux grands Dieux de l'empire,
Ou mourez. Mais les Saints méprisent le trépas;
Ils ont fait dès longtemps leur dernier sacrifice;
Qu'importe à leurs regards l'appareil du supplice ?
  La mort est où leur Dieu n'est pas !

Un seul a succombé! de la dent meurtrière
Un seul a détourné sa tremblante paupière.
O douleur! de la lice emmenez l'apostat;
Mais qui donc le remplace au glorieux combat ?
Une vierge au front pur, à la chaste pensée,
Tendre fleur arrachée aux jeux du gynécée;

Dieu ! quelle ardeur sublime enflamme ses regards ?

Elle n'a point failli devant vos étendards,

Licteurs ! peuple affamé de sang et de spectacles,

Une enfant a vaincu tes suprêmes oracles,

Mais son sang pour la foi n'a point en vain coulé;

Il va laver ce sol par tant d'horreurs souillé !

. . . .

De leurs hymnes de victoire

Les Saints ont frappé les airs;

Vers le séjour de la gloire

Ils élèvent leurs concerts;

A l'approche du supplice,

Est-il un front qui pâlisse ?

Quand le prix du sacrifice

Se voit dans les cieux ouverts !

De leurs compagnons morts les âmes immortelles,

Des anges du Seigneur ont revêtu les ailes;

Et tandis que leurs corps en lambeaux déchirés

Ont assouvi la faim des tigres d'Hyrcanie,

Elles versent dans l'air un torrent d'harmonie,

Qui toujours découlant de la source infinie

Semble aux chrétiens mourants l'écho des chœurs sacrés.

. . . .

VII.

Puis la nuit fit cesser ces sanglantes batailles,

Et des héros chrétiens cacha les funérailles;

Par des hommes pieux leurs restes recueillis,

Dans ces sombres caveaux sans pompe ensevelis,

Eclairaient d'un rayon leur couche funéraire! . . . .

. . . .

Mais tout-à-coup, quel bruit me rappelle à la terre ?

La foule a disparu, je reste seule ici,

Au pied du saint autel la lampe veille aussi ;

Et dans l'obscurité sa tremblante lumière

D'un jour mystérieux remplit le sanctuaire,

Image du cœur pur qui veille loin du Ciel !

J'aime aussi ce silence auguste et solennel ;

Mais l'ange de l'extase a replié ses ailes.

Ainsi quand l'âme monte aux voûtes immortelles ;

Des hautes régions où son vol s'est porté,

Quand son regard descend et plane en liberté ;

Qu'un accord éloigné vienne, à travers l'espace,

Lui rappeler la terre et ses heures de glace,

Elle sent que sa coupe épanche encor du fiel,

Et toujours se meurtrit en retombant du Ciel.

XXIV.

Je sais tout, car ton âme est encor jeune et pure,
Je te vois tour à tour et sourire et rougir ;
Un vif bonheur se peint sur ta douce figure,
Et quand il est entré, j'ai compris ton soupir.

Eh bien ! qu'espères-tu, légère jeune fille ?

Son âme, son amour, ce sont là tes seuls biens !

Tu ne l'as donc point vu, dans un joyeux quadrille,

Suivre de l'œil des pas qui n'étaient pas les tiens ?

Si tu ne l'as point vu dans la foule élégante

Guider avec adresse un coursier du désert,

Si tu ne l'as point vu dans la salle brillante

Où des sons variés se mêlent en concert,

Tu ne le connais pas : là, son cœur se révèle,

Trahi par le regard et le geste et la voix ;

Là, dans l'essaim léger qui sourit et l'appelle,

Il s'en va, colportant des mots redits cent fois.

L'amour, qu'en ferait-il ? l'amour pleure en silence !

Non, ce n'est point l'amour que demandent ses vœux ;

Il a vu vingt rivaux s'enivrer d'espérance :

Il fallait donc te plaire et l'emporter sur eux.

Enfant, que tu sais peu connaître une âme d'homme !

Ame, que tes seize ans revêtent de vertu !

Moi, je connais son Dieu : faut-il que je le nomme ?

C'est de l'or qu'il lui faut, et de l'or, en as-tu ?

Et si tu n'en as pas, qu'espère ta jeunesse ?

De quel rêve insensé peux-tu bercer ton cœur ?

Crois-moi, l'esprit blasé comprend peu la tendresse,

Le poétique amour, le tranquille bonheur.

Oh ! je te plains ! un jour l'expérience amère

Au malheur de ton choix joindra le repentir ;

Quand le charme est détruit il n'est pas sur la terre

De baume qui guérisse un triste souvenir.

1835.

UNE VEILLÉE DE CHATEAU.

XXV.

A Mademoiselle Mathilde de V.

N'aimez-vous pas les antiques manoirs,
Donjons croulants, murs décrépits et noirs,
Tours où le temps, pouvoir à qui tout cède,
N'abrite plus qu'un innocent bipède

Nommé pigeon ? Grands bois tout à l'entour

Battus des vents ! puis, à la fin du jour,

Quand de l'hiver commence la veillée,

Qu'un feu joyeux s'allume en craquetant,

Entendre au loin le tonnerre éclatant,

Qui de ses coups ébranle la vallée ?

Alors l'esprit défaillant, épuisé,

Pour la légende est fort bien disposé ;

Et quel château n'a pas une légende !

Tout châtelain peut, à votre demande,

Faire paraître un homme assassiné,

Triste habitant du donjon ruiné !

Vers ce donjon, quand la nuit sera sombre,

Vous entendrez des bruits de pas dans l'ombre,

Puis, d'un éclair l'éclat instantané

Vous montrera la face d'un damné,

Dont l'œil de flamme et les chairs violettes

Feront dresser vos cheveux sur vos têtes.

Il m'en souvient, c'était en août dernier,

Un mien cousin, respectable écolier,

Empreint encor de l'odeur de sa classe,

Venait, muni de son permis de chasse,

Se reposer dans un château voisin ;

Car il avait vaincu grec et latin,

Et mérité, l'héroïque jeune homme,

De bachelier l'honorable diplôme !

Mais on peut être, au milieu des savants,

Recommandable et croire aux revenants.

Ceci n'a rien qui doive nous surprendre :

Même l'histoire est là pour nous apprendre

Qu'aux jours marqués par d'immenses revers

Souvent un spectre effraya l'univers.

Or, mon cousin connaissait bien l'histoire,

Il lui devait un rayon de sa gloire ;

Et quand, joyeux, il courait le matin

Sur les côteaux tout parfumés de thym,

Deux défilés, pittoresques asiles,

Qu'il saluait du nom de Thermopyles,

14

Lui rappelaient ces immortels soldats

Qu'exprime un mot, un nom : Léonidas !

Dans cette gloire absorbant ses pensées,

Il gravissait les roches entassées,

Sans trop songer qu'un nom moins glorieux,

Depuis un siècle avait marqué ces lieux ;

Il retraçait et j'en rougis dans l'âme,

Le souvenir d'une méchante femme ;

Mais admirez l'heureux effet du temps !

Il nous faudra remonter à cent ans

Pour retrouver une trace de fange

Dans ces rochers qui nous cachent un ange !

Pourtant, ce nom par le crime tracé,

L'ange aux yeux bleus ne l'a point effacé ;

Et dans ces lieux le seul qui se présente

Toujours rappelle une femme méchante.

Notre Léonce ignorait tout cela ;

Mais un beau soir, soir de lune, voilà

Qu'en traversant le défilé sauvage,

Il crut ouïr un murmure d'orage ;

Puis un accent fugitif, incertain,

Comme un soupir passa dans le lointain ;

Des pas foulaient les herbes arrachées,

Par le soleil et le vent desséchées.

Le ciel brillait, la lune au front charmant

De ses rayons parait le firmament,

Et revêtait d'ombres capricieuses

Des grands rochers les têtes sourcilleuses.

Le cœur ému d'une vague terreur,

Vers le manoir se hâta le chasseur ;

Et quand il vint, tremblant et hors d'haleine ,

Pour saluer l'aimable châtelaine,

Elle comprit, à son air effaré ,

Qu'aux noirs récits il était préparé ;

Et quand le soir, près du feu qui pétille,

Eût ramené le cercle de famille,

Que des grands pins l'imitatif sanglot

Au sein des monts gémit, semblable au flot ;

Des jours passés évoquant la mémoire,

Le châtelain commença son histoire.

Mais pour ne pas t'ennuyer, cher lecteur,

Je laisserai l'habile narrateur

Le front penché, la voix mystérieuse,

Conter tout bas l'histoire merveilleuse.

Il s'agissait, si je m'en souviens bien,

D'un noble époux qu'un terrible lien

Avait livré, par une intrigue infâme,

A la fureur de sa méchante femme.

Longtemps captif dans son propre château,

Cette mégère élevait son tombeau,

Et jouissait, sous les voiles de veuve,

De tous les biens qu'une fatale épreuve

Avait ravis au comte son époux.

Quand le destin pour lui devint plus doux,

Il fut sauvé par un ami d'enfance,

Mais dans son âme habitait la vengeance ;

Toujours errant dans l'obscur défilé,

Sous un linceul son front s'était voilé :

Spectre effrayant pour la femme coupable!

On dit qu'un jour, un accent lamentable

Vint retentir aux lieux qu'elle souillait ;

Au fond du ciel la lune étincelait.

Le défilé, ce théâtre du crime,

Ne rendit pas le corps d'une victime ;

Mais vainement le garde de la tour

De la comtesse attendit le retour.

Depuis, le temps effaça la mémoire

Qu'avait laissé cette lugubre histoire ;

14.

Pourtant, les soirs que la lune au zénith

Argente à plein les rochers de granit,

Que l'oiseau dort sur la branche féconde,

Des bruits de pas, des voix d'un autre monde,

Semblent passer dans le souffle du vent!...

A ce récit, notre jeune savant,

L'œil larmoyant et le visage pâle,

Se rappelait la vision fatale,

Quand tout-à-coup, levé violemment,

L'épais marteau retomba lourdement,

Et les volets, et la pesante porte,

Tout frissonna comme une feuille morte.

Loin de cesser, cet insolite bruit,

Au loin porté par l'écho de la nuit,

Se répéta, plus alarmant encore;

Léonce, alors, que l'effroi décolore,

Au châtelain ose pourtant offrir

De pénétrer ce mystère, et d'ouvrir

Un œil de bœuf, d'où, toujours invisible,

Il pourra voir d'où vient ce bruit terrible.

Mais quand il vint, tout frissonnant de peur,

Pour regarder, concevez sa stupeur!

Il ne vit rien. La lune, douce et pure,

De ses reflets argentait la verdure.

Tout dans ces lieux était paix et repos;

Au vent des nuits murmuraient les échos,

Et des grands pins, secoués par l'automne,

On entendait le soupir monotone.

Notre héros, tout désorienté,

Vers ses amis revint fort agité;

A l'écouter le cercle se prépare,

Quand tout-à-coup, l'infernal tintamarre

Plus fort reprend, et Léonce éperdu,

S'écrie alors : Je n'ai rien entendu!

Je n'ai rien vu! Le souffle de la brise

Seul frémissait sur la muraille grise;

Peut-être hélas ! l'hôte du défilé,

Qu'innocemment aujourd'hui j'ai troublé,

Par le fracas qu'il fait au clair de lune

Prétend punir ma visite importune.

Léonce, au fond, avait-il deviné ?

Nous l'ignorons, mais le diable incarné

Continua sa musique incessante,

Jusqu'à l'instant où, de sa voix perçante,

Le coq chanta l'approche du matin ;

Tout fut fini : le murmure lointain

De la forêt s'agitant sous les brises,

Seul répandit ses notes indécises,

Et les amis rassemblés au manoir

Fort tristement se dirent le bonsoir.

Le lendemain, un gentil bucéphale

Que dirigeait Léonce, triste et pâle,

Montait gaîment un sentier rocailleux :

Notre héros abandonnait ces lieux,

Non sans regret, car l'amitié du maître

Sur les esprits l'eût fait passer, peut-être ;

Mais la vacance allait bientôt finir :

Rien n'est durable.... hormis le souvenir.

Si tout finit, cher lecteur, je présume

Qu'il me faudra bientôt quitter ma plume ;

Assez longtemps ton indulgent regard

S'est arrêté sur ces vers faits sans art.

Pardonne-moi si parfois ma pensée

Selon ton goût ne s'est pas cadencée.

Une autre fois laisse-moi deviner

Quelle moisson tu veux me voir glaner ;

Car aujourd'hui j'ai terminé mon livre,

Et tel qu'il est, ami, je te le livre.

1839.

FIN.

TABLE.

FIN DE LA TABLE.

OUVRAGE DU MÊME AUTEUR :

POÉSIES DE L'AME,

Un beau volume in-8°,

Sur grand papier vélin superfin satiné.

———————

Prix : 7 fr. 50 c.

www.ingramcontent.com/pod-product-compliance
Lightning Source LLC
Chambersburg PA
CBHW070513030726
47503CB00004B/1252